정신장애, 이길 수 있다

정신장애, 이길 수 있다

발행일	2022년 1월 21일		
지은이	명홍규		
펴낸이	손형국		
펴낸곳	(주)북랩		
편집인	선일영	편집	정두철, 배진용, 김현아, 박준, 장하영
디자인	이현수, 김민하, 허지혜, 안유경, 최성경	제작	박기성, 황동현, 구성우, 권태련
마케팅	김회란, 박진관		
출판등록	2004. 12. 1(제2012-000051호)		
주소	서울특별시 금천구 가산디지털 1로 168, 우림라이온스밸리 B동 B113~114호, C동 B101호		
홈페이지	www.book.co.kr		
전화번호	(02)2026-5777	팩스	(02)2026-5747

ISBN	979-11-6836-152-2 03810 (종이책)	979-11-6836-153-9 05810 (전자책)

(주)북랩 성공출판의 파트너
북랩 홈페이지와 패밀리 사이트에서 다양한 출판 솔루션을 만나 보세요!
홈페이지 book.co.kr • **블로그** blog.naver.com/essaybook • **출판문의** book@book.co.kr

작가 연락처 문의 ▸ ask.book.co.kr
작가 연락처는 개인정보이므로 북랩에서 알려드릴 수 없습니다.

정신장애,
이길 수 있다

명흥규
지음

사회복지사가 알려주는 독서를 통한
정신장애 극복 로드맵

북랩 book Lab

왜 나는 정신건강 사회복지사가 되어야만 하는가? 단지 부와 명성을 위해서만은 아니다.

단지, 정신질환 환자들과 치료진들 간의 커뮤니케이션이 잘 이루어질 수 있는데 이바지해야만 한다고 나는 생각할 뿐이다. 그렇다. 한마디로 난 환자들과 치료진들의 중간역할을 잘해내고 싶은 것이다. 이렇게 글을 쓰는 것 또한 그런 이유에서다.

책의 내용으로는 진정으로 많은 정신질환자가 병을 극복하는 방법을 제시하고 싶다. 충분히 그럴 수 있고, 이루어질 수 있다고 믿는 것이다. 반드시 그 해법을 만들어가는 것이 나의 목표이자 꿈이다. 어떻게든 나의 삶을 그대로 책에 반영하고 말 것이다.

그러므로 인해서 많은 환자가 많이 힘들어하는 부분을 어루만져주고 싶은 게 나의 욕심이라면 욕심이다. 나조차도 정신질환으로 매우 힘든 시기를 보내는 게 사실이다. 그러니 나의 경험을 토로하고, 정말 병을 극복하는 방법으로 얘길 이어가고 싶은 것이다. 그저 일약 스타가 되어 유명해지고 싶은 마음을 억누르고, 제발 좀 더 쉽게 병을 이겨내는 결과를 가져가는 삶을 살아내는 데 도움이 될 수 있다면 그것으로 충분하다.

내가 가진 무기는 단 하나다. 많은 책을 읽을 수 있다는 것이다. 하루 최대 3~4시간을 책을 읽을 수가 있다는 거다. 그래서 여러분에게 해 주고 싶은 말은 독서를 통해 극복해 나가는 투병일기다. 독서를 하면, 얻어지는 것이 바로 '자존감'이다. 또한 '자신감'이다. 자존감과 자신감을 엄연히 다르다. 자존감이 뒷받침되어야 자신감도 나오기 마련이다. 그러니 우리가 주목해야 할 것은 자존감이다.

그것이 바로 우리가 살아가는 데 포인트가 된다. 어떻게든 자존감을 끌어올려 치유가 되는 방향을 찾아야만 한다. 독서는 나에게 자존감뿐만 아니라 끝없는 카타르시스라는 선물을 가져다주었다. 독서를 통해 느끼는 카타르시스는 바로 마약을 하는 것과 다름이 없는 형태를 나타낸다. 굳이 마약을 하지 않아도 독서에서 그 느낌을 받을 수 있다는 것이다.

그러니 독서를 통해 이루어지는 여러 가지 반응을 느껴보시길 바란다.

그것이 바로 정신질환을, 아니 다른 질환까지 이겨내는 약이 될 수 있다.

정신장애, 이길 수 있다

나의 이런 주장은 바로 책을 읽고, 끊임없이 행동하고, 실천하는 삶에 적용하여 얻어지는 정말 큰 선물이다. 어떤 이유에서든지 우리는 꾸준히 해야만 하는 것이 있다. 책만을 읽는다고 다 되는 것은 아니라는 것을 알아야 한다.

지금의 다짐이 바로 1년 뒤, 3년 뒤, 10년 뒤의 운명을 바꾼다는 것을 잊지 마시길 바란다.

내가 이 책에서 바로 강조하고 풀어내야 하는 것들이 참으로 여러분들에게 관철하기가 여간 어렵지 않으리라는 것은 나도 짐작하는 바이다. 그렇기에 내가 더 연구하고 실천해야 하는 이유다. 나는 현재 정신질환으로 인해 약을 먹으며, 이겨내는 중이다.

여기서 한 가지 목표로 하는 것은, 또 의의를 두는 것은 내가 반드시 3년 안에 약을 줄여나가고, 결국 약을 끊어 정확히 완치 판정을 받는다는 데 있다. 사실 그렇다. 내가 아무리 책을 많이 읽고, 많은 활동과 업적을 이룬다 해도 약을 끊고 완치가 되지 못한 채 계속해서 떠들어댄들 무슨 소용이 있겠는가.

어찌 되었든 간에 나는 지금 여러분에게 정신질환, 그리고 많은 질병을 어떻게 이겨나가는지 지금부터 하나하나 솔직하게 풀어가 보려 한다.

내가 반드시 여러분과 함께 모든 병을 이겨내는 데 동행하고 있다는 걸 잊지 마시길 바란다.

이 책을 쓰는 데 결정적인 조언을 해 준 돈열이에게 고맙다는 말과 함께 시작하려 한다.

끝까지 공감과 함께 조언도 아끼지 않는 여러분을 기대한다. 많은 이들의 공감도 중요하지만, 그래도 조언을 해 주는 분들이 더 고마울 것으로 생각된다.

정신장애, 이길 수 있다

차례

1장
유년시절의 아픔

1장

유년시절의 아픔

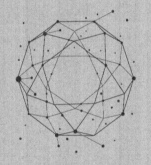

내 이름 석 자, 뜻도 모르다

나는 내 이름의 뜻도 모른 채 고등학교에 다녔다. 고등학교 2학년 때, 정보처리반에서 컴퓨터 전공을 했는데, 그때 한글 프로그램을 알았고, 거기서 한자 변환 기능으로 내 이름 뜻을 풀이하였다. 정말 나에게 설레게 하는 순간이었다. 내 이름을 잠깐 설명해 본다. 밝을 '명', 일어날 '홍', 별 이름 '규' 이렇게 풀이가 된다. 뜻은 밝은 빛으로 일어나다.

이를 성경적으로 풀이해 보았다. "일어나라 빛을 발하라"라고 나름 해석을 해냈다. 참으로 귀한 이름이다. 그렇게 이름대로 되기를 간절히 기도드렸다. 지금에 와서는 좀 다르게 풀이를 해 보았다. 요즘 들어서는 '규'를 걸을 '귀'로 해석하고 있다. 걸으면서 듣게 된다는 뜻으로 해석해 본다. 앞으로 수없이 걸으며, 기쁜 소식을 들을 수 있도록 세상에 관심을 가져 보아야겠다.

나의 이름대로 될 수만 있다면, 난 무엇이든 도전하며 살 것을 다짐해 본다. 어떻게 하면 이름 석 자 그대로 뜻으로 살아낼 수 있으랴! 정말로 성공하고 싶다. 이 세상에서 인기 작가로 발돋움하기가 참으로 어려운 시기이다. 책을 읽어주는 이들이 너무 없는 것도 큰 이유이다. 내가 책을 쓰는 이유는 단순하다.

바로 나로 인해 많은 이들이 책을 읽는 독자가 많아질 수 있다면, 기꺼이 그 방법론을 제시하려 한다. 그 어떤 방법을 제시해서라도 책을 읽는 습관을 만들어주고 싶은 것이다. 나 같은 경우는 이름 석 자의 뜻도 잘 몰랐기에 진정 뭐든 알고 싶은 욕구가 컸다. 그러다 보니 찾아보고 알아가는 것에 익숙해지고 있다. 어떤 경우에도 삶을 발전시키고자 노력을 해야만 한다. 그래야 본인이 성장하고, 변화하게 된다. 지금부터라도 도전해 보자 한다면, 늦지 않았다.

고등학교 2학년 시절 난 너무나 힘든 시기를 보내고 있었다. 학교에 가면 고통의 나날이 계속되는 상황이었다. 지금 생각해 보면, 정말 무기력한 삶이 계속되었다. 그런데도 난 살아낼 방법을 간구해야 했다. 그러나 학업을 포기해야만 했다.

그 시절 난 패배자로 살아야만 했다. 그래도 희망이 있었다. 내가 아는 하나님은 나에게 분명히 나에게 말씀하셨다. "약한 자를 들어 쓰겠다." 난 그 말씀을 붙들었다. 지극히 나약하고 불쌍한 저를 일으켜 세우게 될 거라는 걸 난, 조금도 의심치 않았다.

정신장애, 이길 수 있다

정신적으로나 육체적으로나 절망적이었던 순간 나에게 또 하나의 말씀을 주셨다. 〈시편〉 23편 1절이다. "여호와는 나의 목자시니 내게 부족함이 없으리로다." 분명히 하나님은 나에게 부족함 없이 채워주셨다. 일을 할 수 있는 힘도 주셨으며, 항상 기쁨으로 살게 하셨다. "일어나라 빛을 발하라"에서 "일어나 걸으면서 들으라고", 한 단계 성장시켜 주심을 믿는다.

지금 내가 하는 책 쓰기는 정말 나에게 간절한 작업이다. 내 이름이 알려지고, 성공하는 것만이 나의 욕심이다. 그러나 지금은 좀 다르다. 오직 하나님 이름만 높아지면 좋겠다는 생각이다. 왜일까? 내 힘이 아닌 오직 여호와의 이름이 강력해져야 이 세상이 질서 있게 돌아갈 수 있다는 생각에서다. 그저 나의 행동이 변화하여, 그분의 이름이 높아졌으면 하는 나의 작은 바람이다. 어쩌면, 내 희생이 정말 커다란 능력이 돼 올지도 모른다는 것이다.

지금부터라도 난 기도하련다. 나의 삶이 진정 주님을 위한 삶이 되게 해달라고 말이다. 또한, 수많은 영혼에서 작은 희망이 될 수 있다면, 내 몸과 마음이 크게 희생이 된다 해도 난 도전해야 한다고….

내가 이 책에서 하고 싶은 말은 단 하나, 지상천국이 바로 나로부터 시작되길 간절히 바라는 것이다. 많은 이들이 함께 공감하고, 소통하는 세상이 되었으면 한다. 바로 우리의 깊은 바람이 이루어지는 날까지 우린 끝까지 함께 가야 한다.

성장하는 삶이 어렵다고 느껴지는가. 그렇다. 그렇게 힘겨워하는 자마다 분명 각자에게 하시고자 하는 말씀이 있다. 정녕 우리는 밀알이 되기 위해 살아가야 한다는 거다. 우리가 힘을 합친다면 반드시 해낼 수 있다. 성공을 이루기 위해서는 내가 할 수 있다는 강력한 믿음과 신념에서 비롯된다는 것이다. 우리가 건강을 되찾기 위해서는 반드시 거쳐야 하는 문이 있다.

그건 바로 내 안에 있는 어둠을 몰아내고, 내 몸 안을 빛으로 가득 채워야만 한다는 거다. 좋은 것들을 생각하고, 착한 행동으로, 내 마음에 한량없는 주님의 은혜로 채워져야 한다.

요즘 코로나19로 인해 재택근무가 자리를 잡고 있다. 그런데 이런 환경이 그저 좋을 수만 없다. 참으로 스트레스를 호소하는 이들이 적지 않다는 건데. 이 상황을 하루아침에 바꿀 수도 없거니와 정말 안타까운 현실이 되고 있다. 코로나19로 인해 기독교인들이 욕을 먹기도 한다.

또한, 예배를 제대로 드리지 못하는 성도들이 많다는 거다. 그리고 교회를 못 나오고 온라인예배를 드린다는 사람들이 많다고 한다. 교회에서도 제대로 예배를 드리지 못하는 자들이 집에서는 잘 드릴 수가 있을까. 다시 한번 되짚어 보고 가야 한다. 우리는 정말 믿음이 해이해져 가는 이때를 잘 관찰해야만 하는 거다.

정신장애, 이길 수 있다

우리는 정말 이 시대를 슬기롭게 잘 적응해 나가야 한다는 거다. 난 어제 백신주사 2차를 맞게 되었다. 그런데 중요한 것은 요즘, '델타 바이러스'라고 해서 변이바이러스가 대유행을 맞을 수 있다고 해서 긴장하고 있다. 잘못되면 백신을 3차, 4차 그리고 몇 달에 한 번씩 백신을 주기적으로 맞아야 할지도 모른다. 그렇게 되지 않기를 간절히 바라본다.

대자연 앞에서 우리는 무릎을 꿇어야 한다. 다시 말해 전지전능하신 하나님께 간절히 기도해야만 한다. 바로 우리가 그렇게 마음가짐을 바로 하지 못한다면, 앞으로 꼬꾸라질 수밖에 없다는 것을 명심해야 한다. 정말 간절히 회개해야 한다. 그래야 이 병들어가는 이 세상을 바이러스에서 구해낼 수 있다는 것이기에 우리는 주목해야 한다.

이렇듯 우리의 간절한 바람들이 한순간에 무너질 수 있음에 긴장하길 바란다.

오직 자연의 섭리 앞에 간절한 기도에 하늘에서 감동이 되어 나에게 축복으로 다가서길 간절히 기도하고 기다려 본다. 이름 석 자도 풀이해내지 못하던 나, 이렇게 책을 쓸 수 있었던 것은 진정 하나님의 변형된 축복이었다. 앞으로도 이때를 기억하며, 겸손함으로 세상을 살아낼 것이다.

그러므로 내가 생각하는 세상은 서로 나눠주고 베풂이 있는 삶을 원한다. 지금은 아직 때가 되지 않을 수도 있지만, 난 계속해서 최고의 작품을 위해 노력한다.

여기서, 난 바로 책을 쓰는 삶을 멈추지 않을 것임을 다짐한다. 내가 이렇게 책 쓰는 것에 열중할 수 있는 것은 가족 모두의 배려이고 사랑이다. 이젠 그것을 놓치고 싶지 않다. 며칠 전 난 나폴레온 힐의 『놓치고 싶지 않은 나의 꿈 나의 인생』을 읽고, 눈물을 훔쳐야 했다. 이 책은 정말 나에게 있어 인생 최고의 책이 되었다.

진정 주기적으로 이 책을 들어야 한다. 내 힘이 또 바닥을 치고 힘들 때마다 다시 읽으면 좋은 책임을 당신들에게도 권하고 싶다.

난 그래도 이름이라도 있다. 그러나 이 세상엔 이름 석 자도 모르고 사는 이들이 가끔 있다. 내게 이름 석 자가 멋있게도 신분증에 자리하고 있음을 감사한다.

신분증도 갖지 못한 채로 그렇게 세상을 살아가고 있다고 가정해 보자! 정말 안타까운 현실이 될 수도 있다.

지금은 우리 모두 꿈을 안고 살아가야 한다. 꿈이 없는 백성은 망한다고 말하고 있다. 우리의 삶이 꿈이 없다면, 정말 불안한 삶이 되고 만다.

하루하루를 그저 버티기로 일관한다면, 정말 이겨내기가 힘들 것이다.

선택이 중요하다. 바로 내가 선택을 하는데 여러분께 도움이 되

정신장애, 이길 수 있다

고 싶고, 생각을 공유하고 싶다.

지금의 현실을 그대로 받아들이지 않았으면 좋겠다. 여러분은 지금보다 10배, 100배로 성장할 수 있는 지름길이 존재함을 잊지 마라. 이름 석 자 뜻도 몰랐던 하찮은 존재였기에 여러분께 자신이 있게 말해 주고 싶다. 우리의 뇌는 생각하는 대로 움직인다. 말하고 듣고 쓰는 것이 정말 중요하게 많은 이들이 말해 주고 있다. 그것들을 실천해 보라.

진정으로 우리가 성장하고 있다는 증거는 바로 지금 내가 사람들을 살려내고 있느냐이다. 그러니 여러분 모두 잘 생각해 보고 도전하라. 반드시 보고 싶은 것을 보게 될 것이고, 알고 싶은 것은 알게 될 것이다. 내가 간절하게 알고 싶었던 이름 석 자의 뜻을 알게 된 것처럼 말이다. 여러분도 알고 싶은 것, 그리고 보고 싶은 것들을 구하라 그럼 반드시 이루게 된다. 성공의 지름길을 가게 되는 여러분의 삶을 만나게 될 날을 간절히 바란다.

●

<u>내 아픔, 남에게도 아픔이 되다</u>

어린 시절 참 고난이 많았고, 힘든 시기를 보냈다. 초등학교 생활부터 괴롭힘을 당했던 나다. 그런데도 난 처절하게 도전하고 꿈을 위해 전심을 다 했다. 난 초등학교 시절부터 머리가 나빴지만, 뭐든 아주 열심히 해 쟁취하는 노력형이었다. 지금 생각해 보면 잘하는 것도 몇 가지 있었다.

그림에도 소질이 있었던 것 같다. 위인전기를 보면 앞표지에 인물사진이 자리하고 있었다. 그런데 이 그림을 따라 그리곤 했다. 내가 봐도 비슷하게 잘 그려냈었다.

줄넘기도 잘했다. 초등학교 때 체육 시간 줄넘기로 실기시험을 치렀다. 거기서 난 99개를 넘었다. 100개를 넘으면 만점이었다. 참으로 억울했다. 그 당시 선생님께서 점수를 주는 것이 아닌 반장이 맡아 점수를 주었다. 친한 친구들끼리는 점수를 올려주기도 했다.

그러나 내가 점수를 올려달라고 부탁을 했지만 들어주질 않았

정신장애, 이길 수 있다

다. 참 야속하기만 했다. 초등학교 시절 난 나도 모르게 언제인지 전혀 감지하지 못하고 척추가 골절된 사실을 요즘 들어 성인이 되어서야 알게 되었다.

그런데도 난 뭐든 내가 해야 하는 것은 끈기를 가지고 도전하였다. 많은 것을 배우며, 포기도 여러 번 하고 도전하기를 반복하여 지금의 나를 만날 수 있었다.

중학교 시절에도 내가 제일 잘했던 것이 있다. 바로 제기차기였다. 헐렁이(발을 공중에 띄워 제기를 차는 것)면 헐렁이, 양발차기(양발을 이용해 오른발, 왼발을 번갈아가며 제기를 차는 것)면 양발차기, 못하는 게 없었던 것이다. 헐렁이와 양발차기 모두 50개 이상씩은 했던 것으로 생각된다. 그리고 그냥 제기차기는 한꺼번에 100개 이상 차기는 일도 아니었다.

그러던 어느 날 중학교 때 제기차기 시합을 했다. 상금이 걸린 시합이었다. 여기서 난 1등을 거머쥐어서 당당히 상금을 타게 되었다. 그때 상금이 얼마였는지 정확히 생각이 나지는 않지만 한 5만 원 정도 되었던 듯하다. 꽤 큰 금액이었다. 그러나 이 돈을 나쁜 친구들이 다 빼앗아갔다.

난 그 당시 참 아픈 나날을 보내며 힘겨운 삶을 살아내고 있었다. 돈을 빼앗기는 것은 물론이고, 폭력을 당했다. 그러나 그들에게 지금까지 미안하다는 사과 한마디 듣지를 못했다.

참으로 나 자신은 꿈도 많고 목표가 큰아이였다. 잘하는 것도 많았지만 정말로 진심으로 지지해 주는 사람은 없었다. 잘하는 것을 잘한다고 인정받지 못함이 너무나 아픔이 되었다.

교회 시절에서도 난 최선을 다해 헌신하였다. 참 인정받지 못했던 삶이었다.

누군가는 3년 동안 성가대 지휘를 했다며, 상을 주었다. 나도 빔 프로젝터 관리 일을 하며 5년이나 그 자리를 지켰지만, 누구 하나 수고했다고 말해 주는 사람이 없었다. 그러다 보니 내 안에 악한 쓴 뿌리가 자라기 시작했다. 그렇게 누군가에게 인정받지 못함을 못내 아쉬워하며 시간을 보내야만 했다. 또한 나 자신이 다른 누구에게 상처를 주고 있다고 감지했다.

그래서 그 교회에서 탈출하고 싶었다. 이렇게 내가 마음으로 육체적으로 병들어가고 있었다. 나의 아픔이 또 다른 누구에게 아픔이 되고 있었던 거다. 그러한 사실들을 알아주고 공감해 주는 사람들을 찾아야 했지만, 쉽지만은 않았다.

그 교회의 친구들은 다들 공부도 잘하고, 나보다 나은 삶을 살아가고 있던 것이다. 그렇게도 나도 잘해내고 싶었지만, 진정 난 감당해낼 자신이 없던 것이다. 정말 찬양도 잘하고 싶었고, 율동과 연기도 잘하고 싶었다. 그러나 내겐 이미 자존감과 자신감이 바닥을 치고 있었다. 정말 돌파구가 필요했다. 그래서 난 기도하기 시작했다. 또한 책을 읽었다. 20대를 지나며 책을 읽기 시작했다. 그땐 난 너무 늦었다 생각했다. 그러나 포기하고 싶지 않았다. 그래서 끊임없이 책과의 전쟁을 벌였다.

그래서 지금의 책을 읽는 습관은 나의 모든 것이 되었다. 지금은 자신이 있다. 결코 이제는 포기란 없다. 신중히 결정하고 도전할 것이다. 나의 아픔이 남에게도 아픔이 된다는 것을 전혀 인지하지 못했다.

그런데도 나는 나의 아픔이 더 크고 아픈 줄로만 알았다. 그러나 그 교회에서의 믿음 생활이 그렇게 아프지만은 않았다. 그렇게도 질투와 시기로 보낸 생활이지만, 거기서 배운 것은 너무나 많다. 서로 힘을 합쳐 일을 감당하고, 서로 공감해 주며 대화를 해 주고 했던 것이 지금의 나를 일으켜 주었다.

나도 상처를 받고, 상대에게도 정말 아픈 상처를 주었다면 난 용서를 구해야 한다.

진정으로 나만 상처받았다고 할 수 없는 거다. 난 지금 그러한 것들을 뛰어넘었다. 이렇게 글을 쓰는 이유는 나로 인해 상처받은 이들에게 용서를 구하는 작업이다. 반대로 나에게 상처를 준 자에게도 용서해 주기로 다짐한다.

앞으로 미안함이 아닌 고마움으로 만나게 될 날들을 손꼽아 기다린다. 내가 진정 결혼한다면, 참 그것들이 다 축복으로 남게 될 터이다. 아픔을 치유하기엔 너무나도 힘든 일이다.

그런데도 서로 용서하고, 안아준다면 세상은 참으로 아름다워진다.

용서는 어떤 계기가 필요하다. 그것을 진정으로 이루려면, 나 자신이 멋지게 성장해야만 가능해질 테다.

삶에서 용서란, 어떻게 해야 잘하는 일이 될까? 그건 그만큼 내가 여유로워져야만 한다. 정말 성공하고 싶다. 성공이 마음대로 될 수 있겠냐마는, 그래도 노력하고 도전하면 이루어진다.

성장하는 것이 참으로 힘든 것은 사실이다. 아픔이 있어야 성장할 수 있다는 것도 당연하다. 그 삶에 고통과 아픔이 없다면, 성장 열매가 없다.

성장하기 위해서는 반드시 거쳐야 할 것이 있다. 바로 나 자신이 변해야 한다. 내가 변하지 않고 남이 변화되라고 말하며 그건 모순된 일이다. 그러니 나 자신이 더 노력하고, 죽어야 한다.

내 자신의 능력을 최대치로 끌어올리면, 주위에 친구들도 영향을 받게 된다.

특히나 나같이 소외되고 하는 이들이 갑자기 일약 스타가 된다고 보자. 그럼 엄청난 시너지 효과가 되어 나타난다. 나 같은 경우엔 지금까지 뭔가 이뤄놓은 게 별로 없다. 그러나 난 끈질기게 하고 싶은 것들이 있다. 그 얘기는 후반부로 가면서 자세하게 다룰 것이다. 정말 성공하고 싶고, 더 멀리 돌을 던져서 바라보아야 한다.

우리는 모두 꿈을 크게 가질 필요가 있다. 반드시 이뤄내고야 말겠다는 각오와 무한한 노력이 필요하다.

어떤 산 정상에 오르려면 혼자 하기에는 무리가 있다. 앞에서 끌어주고 뒤에서 밀어주며, 도와주면서 서로에게 용기를 주어서 가다 보면 어느새 정상에 오르게 된다.

그 비밀은 누구나가 안다. 그러나 많은 이들이 협업에 대해 참 어려움을 느낀다.

세상엔 자기 자신 안에 갇혀 밖을 나오지 못하는 이들이 너무나도 많다.

그런 이들과 난 친구가 되고 싶다. 그들은 그것을 이겨내면 꼭 성공할 수 있는 확률이 그만큼 높아진다. 그렇다. 아픔 없이는 성장도 없다는 말이 가슴 깊이 새겨져 있으면 좋겠다.

난 정신장애에 허리통증으로 할 수 있는 게 하나도 없었다. 그러나 지금은 정신장애를 조금씩 이겨내고 있다. 많은 사람은 고통을 끌어안고 살아가는 이들이 많다는 것이다. 그렇기에 주위 분들의 얘기를 들어줄 필요가 있다. 무관심보다는 물어보고 관심을 두는 것이 절대적으로 필요하다.

우리가 모두 이웃이고, 가족이다. 주님 안에서 한 가족임을 잊지 말자.

이렇게 말하는 나도 개인주의로 살아간다. 이제는 수정해야 한다. 뉴스에 나오는 아픈 이들에게 관심을 가질 때이다.

코로나로 인해 우리는 지쳐가고 있다. 이럴 때일수록 정신 바짝 차리고 세상을 향해가야 한다. 주위의 아픔이 정녕 내 아픔이 될 수 있다. 내 아픔, 남에게도 아픔이 되는 현실을 잊지 말자! 나는 당신이 아픔에 공감하길 원한다. 현재 아픔이 훗날 웃음으로 바뀜을 기대하고 나아가자.

여러분은 이미 승리하셨습니다. 우리 모두 함께해요.

정신장애, 이길 수 있다

●

교회에서 모든 걸 배우다

어릴 적 교회에서 배운 것들이 많다. 초등학교 1학년부터 지금까지 교회를 다니면서 참 많은 것들을 배울 수 있었다. 중고등부 시절 수련회에 가서 연극을 하면 꼭 상을 받았다. 지금 생각해 보면 많은 이들의 관심을 받은 것은 사실이다. 나는 나대로 최선을 다해 어울려 지냈고, 뭐든지 아주 열심히 해냈다. 많은 친구가 각자 재능을 보여주었다. 나 같은 경우엔 그들을 따라가기가 무척이나 힘이 들었다. 그래도 그들과 함께하기 위해 노력했다. 찬양과 율동으로 함께 하기를 원했다. 고등부 시절 'HANS'라는 공연을 했었다. 못하는 솜씨였지만 참으로 열심히 시간을 채웠다. 결국에 본무대에 올라 나 나름대로 성과를 이뤄냈다.

참으로 많은 공연과 또한, 봉사도 열정을 다해 임했다. 그런데 난 지금도 '무대공포증'이라는 게 있나 보다. 지금 8년 전부터 다닌 교회에선 무대에 오르기엔 좀처럼 용기가 나질 않는다. 그래도 난 언젠가 뮤지컬 무대에 오르는 상상을 해 본다.

찬양도, 연기도, 율동도 교회에서 많은 것들을 배웠다. 지금은 허리통증으로 인해 해 보지 못하지만, 그래도 난 슬퍼하지 않겠다. 언젠가는 하게 될 것이기 때문이다.

그리고 교회에서 수많은 성경 공부를 하였다. 그렇다고 강단에 서서 설교할 정도로 말이 유창하지는 않다. 그래도 언젠가는 무대에 서서 강연도 하게 될 나를 꿈꾼다.

교회에서 또 배운 것 중요한 것은 말을 즉, 혀를 조심해야 한다는 것이다.

나 같은 경우엔 입이 가벼워 속으로 삭이지 못하고, 함부로 내뱉는 유형이었다.

나도 이와 같은 행동에 반성을 많이 했다. 앞으론 입을 무겁게 하는 훈련을 해야 한다고 다짐한다. 어떤 경우에도 남의 비밀을 감춰줄 수 있는 사람이 되고 싶다.

이렇게 교회를 다니지 않았더라면, 참 후회막심이었겠다 싶다. 지금 생각해 보면, 교회 공동체 각자가 나한테는 스승이 되었던 것 같다. 앞으로 더욱 그들에게 고마움을 표현할 기회가 주어졌으면 하는 작은 바람이 있다.

그 은혜를 갚아주리라 다짐을 한다. 어릴 적 삶은 전부 교회에서 시작되었다.

교회에서 상처받고, 나도 또한 상대방에게 상처를 주었다. 그래서 난 어떤 상황에서도 내가 먼저 사과하고 용서를 구한다. 우리 어머니께서는 내가 아주 미안하다는 말을 많이 한다고 핀잔을 주신다.

그래도 난 내가 먼저 사과하고 미안하다고 말하는 게 마음이 편하다.

성품이 그런 걸 어떡하랴. 앞으로 난 나 자신의 부족함을 인정하고 지금 교회에서 더 많은 것들을 배우리라. 다시 무대에 서서 공연도 하고 하게 될 날을 손꼽아 기다린다. 그러기 위해서는 척추가 펴지고, 허리의 통증이 사라져야 한다.

난 오늘 조영석의 『이젠, 책 쓰기다』를 읽고, 다짐했다. 이제 매일 이렇게 책을 쓰기로 한다. 마침내 투고가 이루어질 때까지 최선을 다하리라. 난 교회에서 많은 것들을 체험하고 배웠다. 성경 공부에 율동, 찬양, 기도 등등 여러 가지를 배울 수 있었다. 사회 경험을 교회에서 다 한 것이나 다름이 없다.

어머니께서 헌신적인 기도를 해 주지 않으셨다면, 오늘의 나는 없다. 그래서 난 어머니를 존경하고 사랑한다. 참으로 어머니 덕분에 지금도 좋은 가르침을 받고 있다.

교회에서 성장함으로 난 감사한다.

교회가 없었더라면, 지금 난 이 세상에 존재하지 못했을 것이다.

그러나 중요한 것은 내가 지금까지 살아있음은 조금이라도 내가 할 일이 남아있지 않은가. 생각해 본다. 나도 정녕 남들처럼 건강하게 살 수 있으리라.

정확하신 하나님께서 나를 고치신다.

난 지금이 카이로스(하나님의 때)의 시간이라 생각한다. 내게 주어진 기회를 놓치지 않을 거다. 분명히 난 깨어 기도하며, 하루하루를 빛나게 이루어 낼 것이다.

바로 난 교회에서 어린 시절을 생각하면, 너무나도 힘들었던 기억 먼저 떠오른다. 물론 내가 자처한 힘듦이었기에 그 누구를 원망하지는 않는다. 어떤 상황에서도 긍정적인 힘으로 지금 삶을 이겨낼 것이기에 두렵지 않다.

단 한 번의 기회가 남았다면, 그 기회를 잡고 싶다. 그러나 누군가가 그랬다. 지금도 기회는 수없이 오고 있다고 한다. 그러나 우리는 그 기회를 잡을 여력이 없다는 데 문제가 있다.

우리가 어떤 집단에 속해 있을 때 반드시 리더가 되고자 노력해야 한다. 여기서 말하는 것은 그저 그 모임의 조장이 아닌 각 분야에서 리더가 되라는 것이다. 그냥 참여만 열심히 하는 것으로도 충분히 주위에 촛불 같은 존재가 된다.

참여를 잘해서 리더가 되는 것도 좋다. 그러나 이젠 나도 누구나가 되고 싶어 하는 리더가 되고 싶다.

난 할 수 있다고 생각한다. 바로 난 그 일들을 감당하기 위해 훈련되어 졌다. 분명히 나도 어떤 분야에 속해 리더가 되고 싶다. 회사에서 성장하여 승진도 하고 싶다. 나중에는 내가 운영하는 회사도 소유하고 싶다.

어떤 삶이든 축복받을 만한 자격이 있다. 그것을 즐기고 기다리는 자에겐 반드시 주어질 것이다. 진정으로 아주 열심히 해 순간순간 나아가면, 꼭 기회는 온다. 그러니 주저 말고 도전하라.

여러분에게 도전은 어떤 의미인가. 나에겐 목숨이다. 목숨이 붙어 있는 한목숨을 걸고 도전하리라. 지금의 내가 있는 것은 분명, 하나님의 은혜이며, 교회 안에서 형제들과 깊은 사귐이 있었기에 가능했다. 그러니 그들을 시기하고 질투할만한 이유가 되지 못한다.

그들이 너무 대단하다고 생각하며, 난 더 이상 그들을 이길 수 없다고 했던 지난날을 되새긴다. 이제부터는 그런 어린 생각을 버리고 제법 어른스러운 삶으로 살아내고 싶다. 어떤 경우에든 삶이 최선을 더해져 초석을 다시 세우길 바란다.

난 할 수가 있다. 뭐든지 열심히 노력한다면, 가능하리라 믿기 때문이다. 30대까지 청년부로 지내왔던 지난날을 감사하리라. 교회에서 즉, 하나님 집에서 참으로 안락하게 살아왔다고 자부한다.

물론, 상처도 받고 속으로 분하고 눈물을 흘려야 했던 시절도 있었다.

그래도 중요한 것은 교회에서 삶은 내가 성장하는 기폭제가 되었다. 그래서 난 교회에서 있었던 경험을 중요하게 생각한다. 교회가 없었다면, 이 세상에 나란 존재는 없을 것이다.

앞으로도 난 교회에서 내 자리를 지켜내리라 믿는다.

코로나로 인해 교회에서 찬양팀 사역을 할 수는 없지만, 그래도 언젠간 제자리로 돌아갈 날을 기대한다.

코로나로 잃어버린 삶을 다시 찾기를 간절히 소망해 본다.

이젠 전력으로 질주하리라. 절대로 넘어지지도 않고 쉬지도 않으리라. 매일 글을 쓰고, 성장하는 삶을 살아낼 것이다. 우리가 이렇게 코로나에 넋을 놓고 있을 때가 아니다.

분명히 감당해내야 할 각자 자리에서 최선을 다해야만 한다. 교회에서 배운 감사한 삶을 이제 은혜로 갚을 때가 왔다. 말뿐만이 아닌 행동을 옮겨지는 삶을 살아 내리라. 교회에서 모든 것을 배웠다. 이젠 갚을 때이다. 교회에서 더욱더 많은 것들을 채워낼 것들이 아직도 많다. 모두 믿음 생활을 통해 배우는 안식을 기쁨으로 누리자!

정신장애, 이길 수 있다

소통이 부족했던 시절

소통이란 무엇인가? 영어로는 'communication'이다. 네이버 사전을 보면, 소통은 '사람들끼리 서로 생각, 느낌 따위의 정보를 주고받는 일'을 의미하고, 말이나 글, 그 밖의 소리, 표정, 몸짓 따위로 이루어진다. 소통을 한마디로 표현하자면 '이해'라고 할 수 있다.

소통이야말로 우리가 지향해야 할 소중한 행동이다. 서로에게 소통이 없다면, 얼마나 답답할까 생각해 본다. 소통은 우리에게 없어서는 안 될 정말 중요한 형태이다. 나는 20대 시절 진정한 소통 및 대화를 한다는 게 참으로 힘들었다.

내가 정신장애로 인해 소통 불가가 되어 너무나도 고통의 시절을 보내야만 했다.

20대 때 교회 청년부 시절 나를 지지해 주고 공감해 주는 사람이 나타났다. 그건 바로 최성국 형님이다. 그 시절은 만나서 대면해서 대화했던 것이 아닌 전화 통화를 통해 대화가 이루어졌다. 지금 생각해 보면, 그 형님과의 대화 내용이 잘 생각이 나진 않지만 너무나 감사했다. 그냥 나의 얘기를 들어주었다. 나를 이해해 주었다.

그 긴 시간 동안 통화를 해 준다는 게 쉽지만은 않았다. 왜냐하면 통화료가 만만치 않았다는 것이다. 성국이 형님이 나에게 전화를 걸어 오랜 시간 동안 시간과 돈을 들여서 대화가 오고 갔다.

그때 그 시간이 참으로 소중했다. 또한 감사했다. 조만간 용기를 내어 직접 고마움을 전하고 싶다. 얼마 전에 그 형님이 지금 대기업 인사팀장으로 활약을 하고 있다는 소식을 들었다. 참 이것 또한 감사한 일이다. 소통은 진정 이해다. 상대방을 이해하고 소중히 생각하지 못한다면, 감히 소통은 불가능하다.

이렇게 난 소통이 부족한 채로 학창 시절을 보냈다. 사실 지금도 소통이 부족하다는 것을 느끼고 있다. 끊임없이 이야기하고 싶고 사람들을 만나고 싶다. 코로나로 인해 그런 것도 있지만, 꼭 그 이유만은 아니지, 싶다.

진정 만나고 싶다면, 만날 수 있다고 생각한다. 그러나 여하튼 소통하기 힘든 세상을 살아내고 있다. 내가 이렇게 소통을 중요시하는 건 그만한 이유가 있다. 소통이 부족하다 보니 상대방을 이해하지 못해 오해가 생기고 오류가 발생한다는 거다.

정말 한 치 오차 없이 그렇게 소통을 하다 보면, 서로가 신뢰가 쌓여 좋은 만남이 되어 모두 행복해지리라 믿는다. 이렇게 대화를 통해 우리는 오해를 없애갈 수 있는 거다. 대화로 풀어질 수 있는 일들이 대화가 단절되면 언젠가는 폭발하게 된다. 정말 아무것도 아닌 일로 싸우게 되고, 대인관계가 허물어질 수 있는 문제다.

회사에서도 소통은 너무나 중요한 일이 되고 있다. 소통이 부재가 되고, 대화가 부족하여 생기게 되는 문제를 어떻게 풀어나가야 하는가. 이 문제를 심도 있게 비춰보기를 바란다. 대화를 통해 얻어지는 수확은 이루 말할 수 없다.

대화는 사랑이다. 베이컨은 말한다. 대화는 기지 있는 사람을 만든다고 말이다. 네이버 국어사전에서 '기지'를 찾아보면 '때에 따라 재치 있게 대응하는 지혜'라고 한다. 어떤 어려움 속에서도 재치 있게 넘어갈 줄 아는 방법을 찾아내야 한다. 그러니 모두 우리는 어디서 기지를 배우고 살아가는가.

나 같은 경우는 소통하기 위해 책을 읽는다. 책을 읽는 건 보통 힘든 것이 아니다. 우리나라 독서율은 단, 10%도 안 된다는 것이다. 아니 5%도 안 될 것으로 본다. 우리는 왜 책을 멀리하고 있는가. 모두 진정으로 책과 함께 세상을 이겨냈으면 한다.

앞으로 독서에 대해 끊임없이 논해야 하기에 독서가 주는 의미는 후반부에서 더 다뤄 보기로 하자! 많은 이들의 고민을 듣고 싶다. 상담가로 사는 삶을 살아내는 게 나의 목표이고 꿈이다.

친구들과, 아니 세상 모든 이들과 소통하고 싶다. 그러기 위해서는 공부를 해야만 한다. 특히 나와 비슷한 아픔을 가진 이들과 대화를 나눠주고 싶은 것이다. 그게 내가 바라는 사랑이다. 정신장애를 앓고 있는 이들에게 대화 상대자가 되어주고 그들이 필요한 부분을 채워주는 삶을 살아내고 싶다.

그러기 위해서는 소통이 중요하다는 것을 말하고 싶다. 반드시 우리는 약자 편에 서서 그들 삶을 들어줄 필요가 있다. 우리 모두 그들을 이해하고 들어주는 삶을 선택하자. 우리 주위를 둘러보면 친척 중 한 사람은 정신장애를 앓고 있는 경우가 많다. 그렇듯 내 가족이나 본인이 정신병에 걸리는 안타까운 실정이다. 그럼 어떻게 하면 이것들을 이겨낼 수 있는가.

여러분들이 선택하라. 그들과 벽을 쌓고 지낼지. 아니면 애써 외면해 버리고 남 일이라고 치부하고 말 것인가. 제발 외면하지 말아주었으면 고맙겠다.

지금 전 세계는 코로나로 인해 전쟁 중이다.

확진자들과 접촉이 있었다면, 격리가 되고 있다. 이런 현실 속에서 우리는 진정 다시 한번 주위를 돌아볼 필요가 있다. 정말 그들 이야기를 들어주라. 들어주는 것만으로도 우리는 그들에게 큰 선물을 주는 것과 같다. 내가 경험한 소통이 부족하다는 것은 정말 지옥 같은 세상이나 다름없었다. 그만큼 대화라는 게 중요하다는 것이다.

정신장애, 이길 수 있다

소통이 좋은 점은 바로 상대방을 일으켜 세워주는 거다. 누군가 얘기를 들어주는 것만으로도 스트레스에서 조금이나마 벗어나는 것이라 할 수 있다. 요즘 우리 회사에 새로 오신 선생님이 한 분 계신다. 그분은 내 얘기를 잘 들어주신다. 내 불평도, 고민도, 그 어떤 힘든 얘기도 들어주신다.

약자 편에서 공감해 주고 들어주는 것이 어떤 것인지 나는 잘 안다. 난 소통 부재를 겪은 사람이다. 20대 청년 시절을 버티게 해준 성국이 형님, 그 밖에도 내 얘길 들어준 모든 이들이 너무나 감사하다. 그러니 소통이 사람을 살린다는 게 맞는 얘기이다.

우리는 반드시 누군가와 끊임없이 소통해야만 한다. 소통이 부재가 된 이들을 사랑으로 감싸주어야 한다. 서로 대화가 오가고, 감정을 나누다 보면 말할 수 없는 기쁨이 샘솟는다.

대화를 통해 정신장애도 극복을 할 수 있다. 정신장애는 충분히 정복할 수 있고, 반드시 정복되고야 하는 병이다. 그런 과정에 난 함께 하고 싶을 뿐이다.

지금까지 겪은 정신장애 증상들을 낱낱이 이 책에서 드러낼 것이다.

정신장애는 불치병이 아닌 난치병이다. 자신이 어떤 선택을 하고 행동하느냐에 따라서 그의 삶이 바뀔 수 있다는 것이다. 어렵지만, 분명 완치될 병임을 확신한다. 내 안에 답이 있다. 그걸 나누고 싶다. 정말 시간을 투자해서 정신장애를 극복하고 세상을 더 높고 넓게 살아가는 삶을 누려보자!

나도 사실 지금 정신장애를 극복해 나가기는 하고 있지만, 완전 치유 됐다는 것은 아니다. 그래도 희망은 있다. 더 이상 재발을 방지하고, 살아가는 방법을 갖추었다고 본다. 여러분들도 가능하다. 나만이 겪고 있는 질병은 아니라는 게 바로 희망이다.

전홍진 작가가 쓴 『매우 예민한 사람들을 위한 책』이 있다. 이 책을 보면 느낄 수 있다.

결코 나만이 겪는 아픔이 아니라는 것을. 정말 이 책이 얘기하는 것은 내 아픔을 누군가에게 표현하라는 내용이다.

정신장애 증상을 나 자신이 인정하라. 그럼 반드시 이겨낼 수 있는 병이라는 거다.

다시 소통이 중요하다는 것을 강조한다. 소통은 정신장애를 이기는 데 매우 중요한 행동이다.

그러니 반드시 누군가에게 나 자신을 낮추고 소통을 요청하라. 나에게도 도움을 청하면 반드시 들어주겠다고 약속을 한다. 여기서 내 이메일을 공개한다. amos7575@naver.com 우리가 모두 소통으로 이루어지길 기대한다. 반드시 정신장애는 완치가 되어야 하는 중요한 목표이다. 반드시 우리가 모두 힘을 합쳐 이루어내자.

●

말꼬리를 흐리지 마라

　20대 초반이었던 것으로 기억한다. 당시 교회 스승이신 조석범 선생님과 대화를 나눴다. 그런데 대화를 나누던 중 하신 말씀에 충격을 받았다. 그 말씀은 바로 이것이다. "난 세상에서 말꼬리를 흐리는 사람이 제일 싫어." 정말 충격이었다. 그래, 말꼬리를 흐린다고….

　참 세상이 무너지는 듯 마음이 아프고 어리둥절했다. 그 후로 난 많은 생각을 했다.

　어떻게 이런 말을 듣지 않고 살아갈 수 있을까 하며 난 고민했다. 아니 고민한 겨를도 없이 세월이 지나서 깨달았다. 그 당시엔 말꼬리를 흐리는 것이 무슨 뜻인지도 몰랐다. 그러나 지금은 90% 이상 고쳤다고 본다. 사실은 지금도 어떤 상황이 되면 말꼬리를 흐리곤 한다. 그럴수록 난 책을 더 읽었고 뭔가 더 알고 싶어졌다.

　지금 읽는 책은 탈무드와 건강 서적으로 영역을 넓혀가고 있다.

난 지금도 성장하고 있으며, 변화되어, 성화 되어가고 있다고 해도 과언이 아니다. 지금도 아주 가끔이긴 하지만, 전화도 하고 생일이면 선물도 보내주신다. 너무도 감사한 일이다. 나를 인격적으로 대해 주는 조석범 선생님이 너무 좋다.

더 자주 전화를 드려 소식을 알리고 싶지만, 내 자존심이지 허락지 않는다. 아직 이렇다 할 성과를 못 내는 게 사실이다. 그러나 난 책을 쓰는 것도 현재진행형이다. 또한 자기 계발도 꾸준히 하고 있다. 직장에서도 나름대로 최선을 다해 하루하루를 보내고 있다. 앞으로도 난 최고의 성공을 하기 위해 전력으로 질주할 생각이다.

그 누구도 나의 발전을 방해하지 못한다.

나는 이제부터 다짐한다. 책을 쓰고 성공하기 위해 나의 몸을 최대한 건강한 몸으로 만들어내고 만다. 나는 해야만 한다. 말꼬리를 흐리고 다녔던 나의 행동과 태도를 완전히 바꾸려 한다. 그럼, 여기서 어떻게 말꼬리 흐림을 고치고 벗어날 수 있었는가이다.

그렇다. 방법은 간단하다. 바로 독서이다. 난 처음 독서를 시작한 게 초등학교 시절이었다. 위인전을 읽어보았다. 가장 기억에 남는 위인은 장영실이다. 그때부터 난 과학자가 되는 게 꿈이었다. 아직도 늦지 않았다고 본다. 또한 그것을 위해 난 노력하고 있다는 게 중요하다 하겠다.

어린 시절 장영실 위인전을 읽고 아주 잠시 독서 휴식기를 보냈

정신장애, 이길 수 있다

다. 실제로 참으로 긴 시간이었다. 그러나 난 지금 시기를 맞이하면서 카이로스의 시간을 보내고 있다. "카이로스"란 하나님의 때이다. 시간을 초월하는 것이다. 지난날 20년 정도 시간을 지워버렸다. 난 지금 황금기의 시간을 보내고 있다. 43세 나이에 무엇을 어떻게 해야 할지 고민하는가. 그렇다 정말 무언가 이루기엔 다소 늦은 듯하다.

그러나 난 그렇게 생각하고 싶지 않다. 누군가는 60세를 넘어서도 한순간 선택으로 인해 부자가 되는 경우를 책에서 증거하고 있다. 나는 오늘도 외친다. 나는 세계 최고 부자가 된다. 세계 최고로 기부를 많이 하는 사람이 될 것이다. 또한 세계적인 리더가 될 거라고 말이다. 성공은 법칙이 있다.

우선 성품과 태도를 바르게 한다. 그리고 많은 이들 말에 경청해 줘야 한다. 그리고 많은 책을 섭렵하여 성공으로 사는 사람을 끊임없이 모방하는 것이다. 이것이야말로 성공으로 가는 최고 방법이다. 여러분이 책을 읽기 시작한 순간부터 하나님은 우릴 위해 일하기 시작한다.

물론, 뭐든지 꾸준해야 한다. 말꼬리를 흐릴 정도로 난 자신감이 없었다.

그랬던 내가 이제 누군가에게 조언해 주기 시작했다. 아직은 많은 사람을 움직일만한 그릇은 못 된다. 그래도 끝까지 도전한다.

또한 나는 지금 조금이라도 뛰지 못하는 사람이다.

그러나 난 운동도 할 수 있는 몸으로 바뀌고 있다는 것을 안다. 그렇게 되기를 소망하고 있다. 또한 노력도 하고 있다. 노력이야 누구든 할 수 있다고 말할 수 있다. 그런데 내가 하는 노력은 뭔가 다르다. 나에게 주어진 일에는 최선을 다한다.

그 어떤 힘든 순간이 와도 나의 힘을 전적으로 믿기보다는 내가 믿는 하나님께 간절히 기도한다. 정말 기도하는 것이 나의 전부가 되었으면 좋겠다. 그렇게 난 나의 몸과 마음을 소중하게 아름답게 가꿔내리라 다짐한다. 난 할 수 있고, 해낼 수 있다.

바로 나에게 주어진 일에 대해 소중히 생각하고 있고, 책임감을 느끼고 있다.

성장하고 있다는 것을 여러분은 느끼고 있는가. 계속해서 나 자신에게 질문을 던져라. 그래서 그 답을 찾아서 감사하는 생활에 가득한 삶을 살아라. 여러분을 사랑하고 그토록 찾으시는 그분 마음을 흔들어 놓으라. 축복을 눈앞에 두고 차버리겠는가. 아니다 축복을 쟁취하는 것만이 우리 자신이 갖춰야 할 행동이다.

그럼 우리는 어떻게 축복을 쟁취할 수 있는가. 그건 바로 믿음이고 신념이다. 그분 앞에서 태도를 분명히 밝혀야만 한다. 나의 약함과 가시가 있다는 것을 유념하라. 그리고 그분 앞에 나서길 바란다. 그분께로 나아가는 데 장애물이 있는가. 그건 반드시 걷어치

정신장애, 이길 수 있다

우고 나서라.

내 안에 어둠이 가득하다면, 어떻게 하는가. 그건 아주 쉽게 말해 줄 수 있다. 그것은 내 안에 가장 좋은 것들로 채워 어둠이 밀려 나가게 하면 된다. 지금 당장 실천해 보라. 하루하루 많은 이웃들을 만나면 인사부터 공손히 해 보라. 마음으로 항상 그들을 응원하라. 그렇게 하나하나 내 하루를 채워나가다 보면 반드시 그분께서 축복해 주시리라 믿는다.

그럼 자연스럽게 어둠이 밀려 나가고 빛으로 가득 채우게 되리라. 이 말씀은 내가 생각해낸 것은 아니다. 바로 판교교회 담임목사님께서 설교 말씀을 인용한 내용이다.

삶은 그런 거다. 누군가에게 선한 영향력을 발휘할 수 있으려면 어떤 삶을 살아야 하는가.

먼저 이웃을 만났을 때 반갑게 인사로 맞이해 주라. 칭찬으로 그에게 다가서면 반드시 나에게도 축복으로 돌아오게 된다. 이웃을 위해 기도해 준다면, 나에게도 축복이 되돌아온다는 것을 깨달았으면 한다.

여기서 인사에 대해 한 번 더 강조한다. 인사는 그 사람 인격이다. 인사부터 제대로 되지 않으면, 그 사람은 빵점짜리 인격이 된다. 반드시 그날 아침을 인사로 채워라. 그럼 나 자신이 행복으로 가득한 삶이 된다.

그리고 한마디 더 하자면 상대방에게 칭찬 한 번씩 해 주라. 그러다 보면 나 자신도 자존감이 높아지고 자신감도 회복하게 된다. 사실 내가 얘기한 것은 아주 소소하고 당연한 이야기다. 그러나 살펴보면, 이런 기본적인 것을 지키지 못하는 이들이 있다.

이런 이들은 사회에서 성공하지 못할 것이다. 지금 당장은 그럭저럭 넘길 수 있다는 얘기다.

그러나 이렇게 기본적인 것들을 까먹어 버리면, 나중에 큰 공든 탑이 무너지는 경험을 하게 될지도 모른다.

정말 화가 날 때도 있다. 나는 정성을 다해 인사를 하지만, 상대방은 무언으로 넘겨버리는 이 상황이 너무 화가 난다. 인사 한번 받아주는 게 그렇게 힘든 일인가 말이다. 우리는 뭔가 착각하고 있다. 이 작은 일을 놓치면….

더 이상 인사에 대해서는 말하지 않겠다. 그저 여러분 인격이 성장하기 위해서는 인사가 절대적으로 중요함을 말해 주고 싶었다. 다시 말하지만, 말꼬리를 흐리게 되는 경우가 있을 땐 방법은 하나다. 많은 독서와 대화를 통해 또한, 필기를 통해 정확한 사람이 되길 바란다. 베이컨의 명언을 다시 한번 보자.

독서는 완성된 사람을 만들고, 대화는 기지 있는 사람을 만들고, 필기는 정확한 사람을 만든다.

이 명언 한마디에 성공 방법이 다 들어 있다고 해도 과언은 아닐 것이다. 여러분이 진정 현명한 선택과 행동으로 옮겨졌으면 하는 마음에 이렇게 열변을 토하며 이야기했다. 앞으로 삶은 여러분이 책임을 져야 한다.

난 지독하게 해낼 것이다. 기본이 되는 믿음과 신념으로 세상을 지배하는 리더가 되리라고 다짐한다. 여러분도 함께하자!

영과 육이 병들다

난 초등학교 시절부터 너무나 힘든 시기를 견뎌내야만 했다. 정신적인 문제와 육체적 질병이 한꺼번에 다가왔다. 내가 어떻게 몸부림쳐서 이겨낼 문제가 아니었다. '내가 참 교만한 아이였나? 왜 나만 이렇게 아파야만 할까?' 그 물음에 주님께서는 침묵하셨다. 주님, 저를 제발 살려주소서!

처음 정신병을 알았을 때 난 이게 뭔지도 몰랐으며, 나의 마음을 설명할 길이 없었다. 정말 죽고도 싶었고, 내 삶을 내려놓고 싶었다. 거기에 허리통증까지 왔다. 내가 어떻게 해결할 방법이 없었다. 먼저 정신병을 이야기하자면 이렇다. 극한 스트레스로 인해 정신병이 시작되었다. 많은 친구에게 받은 괴롭힘으로 인해 환청, 망상 등으로 정신병이 진행된 것이다.

또한 허리통증도 시작되었는데 지금에서 비로소 알게 됐다. 디스크로 인해 척추 1, 2번이 터졌다는 거다. 언제 그런 건지는 정확히 알 수 없었다. 그렇게 심하게 허리가 다쳤음에도 알아차리지 못했던 거다. 참으로 어리석다. 그렇다고 내가 무너질 사람은 아니다. 워낙에 자존감이 강했으며, 자신감도 있었다. 난 어떤 어려움도 이겨낼 자신이 있었다.

많은 이들이 기도로 후원해 주고 있으며, 앞으로 좋은 일로 만날 준비를 한다.

어떻게 하면, 이런 병들을 고칠 수 있을까? 많은 연구를 했다.

나는 독서로 공부를 한다. 수필을 통해 이웃이 어떻게 이겨내는지 간접경험을 통해 뭐든 배우고 익힌다.

난 강하다고 했다. 정신장애를 갖고 있지만, 심리가 참 강한 사람이라고 자부한다. 정신장애와 심리는 다르다. 정신장애가 있다고 해서 모두가 다 심리에 약한 사람이라고 치부할 수 없다.

나 홍규는 끊임없이 내 몸을 연구하는 사람이다. 과거 몸무게가 124kg을 넘나들던 것에서 지금은 100kg 이하로 관리 중에 있다. 더 이상 빼서 완벽한 몸을 만들 것이다. 척추가 어느 정도 펴지고, 허리통증도 잡아서 탁구란 걸 해 보고 싶다.

어린 시절 동성교회에서 나 자신이 길러졌다. 나에겐 그 교회가 생명이다. 그곳에서 아파하며 성장했고, 처음으로 탁구를 하게 되었다. 너무 재밌는 운동이었다. 나의 스매싱을 막을 수 있는 자는 명준이라는 동생뿐이었다. 그러나 그마저도 접어야만 했다. 허리가 문제였다. 양옆 사이드로 오는 공을 막을 순 없었다. 그래도 탁구에 대한 내 열정은 식지 않았다. 앞으로 분명히 탁구로 이름을 날리는 사람이 되고 싶다.

나는 책 쓰기로 인생을 걸어볼 테다. 분명 길은 있다고 본다. 단 1% 기회라 할지라도 난 앞으로 나간다. 오늘도 앉아있는데 불편하지만, 참고 약속한 대로 책을 써 내려가고 있다.

다시 본 이야기로 들어간다. 정신장애, 허리통증, 이 두 가지 장애로 인해 내 인생은 망가지고 있었다. 그래도 희망은 있었다. 정신장애 3급인 나는 성남시장애인종합복지관 그리고 장애인고용공단에서 책임을 지고 취업에 힘써준다. 내가 취업을 한 곳은 모두 두 가지 병을 고려해서 일을 맡긴다. 참으로 감사한 일이다. 진짜 이렇게 두 기관에서 배려를 해 주셔서 지금까지 무리가 없이 취업해 일하고 있다. 지금은 병원에서 일하고 있다.

정말 특별한 경험이다. 내가 언제까지 이 병원에서 일할 수 있는지 확답을 할 수는 없지만, 그래도 난 하루하루 버티고 견뎌내고 있다.

지금에서 생각해 보면, 내 인생은 영화와도 같다. 앞으로 결혼도 하게 되고 자녀를 갖게 된다면 더할 나위 없을 것 같다. 45세 때 모든 것을 갖춘다는 가정하에 난 전진한다.

책이 예정대로 올해 안에 인기가 되어 날개가 되어 쭉쭉 날아가

정신장애, 이길 수 있다

준다면 너무 감사한 일이 되겠다. 정신장애 그리고 허리통증으로 인해 생을 포기까지 했던 내가 책을 쓰게 되리라고 누군가 알았겠는가. 감히 상상도 못 할 이야기지만 난 조심히 천천히 해내고 있는 나를 발견하고 있다. 어떻게 하면, 인기도서 작가가 될 수 있지? 아니 어떻게 정신 건강사회복지가가 되는 거야?

말도 안 되는 스토리지만 가능하다. 난 하루에도 5시간 이상 앉아서 공부란 걸 할 수 있다. 비록 허리가 아파도 정신적으로 힘든 시기이지만 그래도 난 끝까지 그 길을 겸허히 가련다.

내가 사랑하는 여성을 만나려면, 이렇게 목표를 세우는 일을 2~3년 만에 끝내야 하는 부담감이 있다. 과연 어떻게 이 길을 갈 수 있느냐고 반문하는 사람이 있을지 모른다. 그러나 난 가능하다고 자신이 있게 말한다. 나에겐 믿음과 신념이 있다. 그분께서 나와 함께 하시고, 나를 위해 끝까지 지지해 주는 가족이 있다.

하루하루를 책 쓰기로 채우고, 책을 읽고, 사회복지사 공부를 하고 있다. 이런 과정은 분명히 2~3년 안에 열매를 맺을 것이다. 난 자신이 있다. 난 그렇게 마법처럼 내 꿈을 이뤄낼 거다. 여러분도 나와 함께 하자. 분명히 자존감 하나로 세상을 지배하는 여러분이 되어 있으리라.

당신들도 도전하자. 적어도 일주일에 책 3권 정도는 읽어줘야 하지 않을까. 할 수 있다. 우리가 마음먹은 대로 실행하지 못함은 아주 간단하다. 하기로 한 일을 지키지 못하는 데 있다. 어떻게든 성공하려면, 성공한 사람들을 모방하고 따라 하면 간단하다. 성공한 자들 습관을 탐닉하라. 그럼 분명히 방법이 나온다.

그럼 그런 책들을 어떻게 찾지. 엄두가 나지 않는다. 그럴 온라인 서점을 이용하라. 예스24가 말해 준다. 나 같은 경우 일주일에 꼭 책을 2~3권 산다.

그러다 보면 성공이 야기를 볼 수 있다. 그리고 더 많은 영역 책을 보게 되리라.

자기 계발에서 수필 그리고 마케팅, 또한 건강까지 말이다.

책을 통해 성공하는 여러분을 만나고 싶다.

우리 경제를 살리려면 간단하다. 독서 인구가 50%가 넘고 책을 쓰는 작가들이 30% 이상만 되어도 우리 경제는 세계 최강이 되는 논리다. 믿어지지 않을 것이다. 그럼 한번 도전해 보자.

나와 그 일을 감당해내자. 우리는 할 수 있다. 반드시 그렇게 해야만 한다.

그렇다 내가 영육 간 질병이 동시에 찾아왔다. 그러나 이걸 이겨내고 산다.

질병을 뛰어넘어야 한다. 책 읽기에 집중하고 임계점을 넘게 되면, 하루도 책을 읽지 않으면 안 되게 된다. 또한, 책을 읽으면 카타르시스가 자연히 내 마음 중심에 스며든다. 그렇게 해서 우리는 책

정신장애, 이길 수 있다

과 가까이 가는 삶을 이뤄내야 한다.

책을 읽는 것이 우리가 할 수 있는 최고 성장하는 비법이다. 사람이 책을 만들고, 책이 사람을 만든다. 책을 많이 읽으면 반드시 책이 쓰고 싶어진다. 그때는 아무도 못 말리는 작가 인생으로 접어들게 된다.

정말 단시간에 성공하고 싶은가. 그럼 끊임없이 책을 읽는 삶을 살아내라.

그럼 반드시 성공이 다가오는 소리를 듣게 된다.

바로 책을 읽는 것은 정신장애에도 도움이 되고, 물론 육체적인 질병도 뛰어넘을 수 있는 삶이 된다. 영육이 전부 병이 드는 사람은 드물다. 그리고 이걸 이겨내기란 여간 힘이 든다.

그렇다 내가 분명 여러분들을 책을 읽는 사람에서 책을 쓰는 사람으로 인도해내리라. 여러분과 약속한다. 나만이 그 길을 가는 그것으로 생각지 말라. 똑같은 길을 갈 순 없지만, 비슷한 길은 갈 수 있다. 그러니 우리 모두 자신이 경험한 병과 삶을 공유해 보자.

그럼 반드시 나와 같은 상황에 직면했을 때 슬기롭게 이겨낸 자가 되리라 믿는다.

영육이 병들었음에도 끝까지 성장하고 승리하며, 성공을 꿈꾸었던 나다.

내가 해냈으면 여러분도 매우 가능하다. 앞으로 책으로 쓸 내용이 많다. 그래도 끝까지 함께 했으면 좋겠다.

여러분과 나 자신이 성공하는 날을 기대한다. 세계적인 리더를 꿈꾸자. 반드시 길은 있다. 우리가 힘을 모으면 안 되는 것이 없다. 하루하루 믿음과 신념으로 이 세상을 아름답게 더 아름답게 만들어갈 사람 모여라!

끝도 없던 괴롭힘

학창 시절, 친구들은 나를 너무나도 괴롭혔다. 폭력은 말할 것도 없었다. 초등학교 5학년 때였던 것 같다. 김○장이라는 친구는 교실에서 나를 거의 10분, 아니 느낌으로는 30분 이상을 나를 마구 때렸다. 이유도 모른 채 말이다. 참으로 저항 한번 못하고 그렇게 맞아야만 했다. 그리고 그 친구는 학교에서 돈을 내고 먹던 빵과 우유를 빼앗아갔다. 너무나도 비참했다.

우리 부모님께서 어렵게 번 돈을 허망하게 갈취를 당한 셈이다.

그뿐만이 아니라 중학교, 고등학교에 다니면서 책가방, 안경, 도시락, 체육복, 돈까지 갈취당했다. 그렇게 학교 폭력은 오래된 악습이다. 그리고 하나 짚고 넘어갈 것은 중학교 당시 컵라면 가격이 350원인가, 450원이었던 같다.

그런데 그 컵라면을 먹는다고 내게 50원씩을 가져오라고 시켰다. 어느 날은 그 돈조차 없어서 못 가져가면 이후 두 배로 가져오라고 한다. 그뿐 아니라 그는 라면 물을 내가 꼭 받아오라고 시킨다. 참으로 별거로 다 괴롭힘을 당했다.

또 안경까지도 빼앗아가는데, 참 마음 아팠다. 이건 가벼운 괴롭힘이 아니었다. 이들에게 지금이라도 보상을 받을 수는 없을까? 독자들에게 답을 구한다.

정말 뚜드려 맞기 일쑤였고, 편안한 날을 보낸 학창 시절이 별로 없었던 것 같다.

어떤 책에서 보았다. 과거를 촬영하는 카메라가 존재한다고 말이다.

정신세계사 『초인들의 삶과 가르침을 찾아서』라는 책에서 읽었다. 진짜로 그 카메라가 존재할까? 그렇다면, 내가 폭력을 당했던 일, 그리고 내게 소중했던 물건들을 빼앗아가는 장면을 과거로 돌아가서 카메라로 찍어내 증거를 제시하고 싶다.

이렇게 학창 시절을 너무나 힘든 시기를 보내며 난 그래도 지금 많이 성숙해졌다.

아픈 만큼 성숙해진다고 하지 않았던가. 바로 난 정말 고통을 인내로 견뎌내고 승리하고 있다.

그리고 위에서 언급한 김○장, 이놈은 초등학교 시절에 어떤 건물 위에서 내려다보고 있었다. 밑에는 우리 어머니와 나와 함께 있었다. 우리 어머니께서 너무 못생기셨다고 큰 소리로 비웃고 있었

정신장애, 이길 수 있다

다. 그땐 나도 힘이 없었다. 그리고 어머니께는 따로 이야기하지 않았다.

성인이 된 후에 비로소 말하게 되었다. 어머니는 대수롭지 않게 여기셨다. 그러나 속으로는 무척 마음이 아팠으리라 생각된다. 그렇게 저렇게 생각해 봐도 너무나 억울한 일임에는 틀림이 없다. 그래도 난 내가 잘 자라주었고 참 마음이 따뜻하게 잘 자라주었다고 확신한다.

앞으로도 참 선하게 믿음과 신념으로 세상을 나아갈 것이다.

지금 당장에 아픔이 훗날 웃을 수 있는 날이 오리라는 걸 잘 안다.

나 같은 걸 이렇게까지라도 성장을 시킨 건 분명히 하나님께서 하신 거고 또한, 우리 어머니 기도 덕분이다. 지금도 그때 시절을 생각하면, 참 마음이 아프다.

어떻게 하면 그런 생각들을 완전히 지울 수 있을까? 지울 수는 없다. 반드시 떠안고 가야 할 기억이다.

그러나 난 지금 아무렇지도 않다. 현재 삶에 충분히 만족하며 살고 있다는 것이다.

나를 괴롭혔던 친구들은 다들 어떻게 살고 있을까 궁금하다. 그래도 좋은 게 좋은 거라고 그때 일을 사과해 주었으면 좋겠다. 그리고 진정한 친구가 되었으면 한다.

그 이유는 우린 모두 주 안에서 한 형제라는 거다.

그런 기회가 왔으면 좋겠다. 난 욕심이 있다. 세상 사람들과 모두 친구가 되고, 가족과 같이 지내고 싶다. 네 거 내 거가 아닌 우리 모두 것이라고 말이다. 진정 그렇다. 난 그렇게 매를 맞고 해도 하나님께 엎드렸다. 그럴 때마다 한없는 은혜로 나에게 쓰다듬어 주신 주님께 감사를 드린다.

좋은 땅에 있다는 것은 착하고 좋은 마음으로 말씀을 듣고 지키어 인내로 결실하는 자니라 (누 8:15)

정말 난 내 마음이 좋은 땅이라 생각한다. 내 마음 땅에 뭐든 심으면 풍성하게 자라고 열매를 맺을걸로 생각한다. 어떤 경우에도 악을 선으로 갚아줄 거다. 나를 괴롭힌 친구들 난 다 용서할 수 있어. 그대인 거룩하신 여호와께 엎드려 회개하라. 그럼 난 아무 조건 없이 너희들을 반겨주리라.

어떻게 됐든 과거는 잊어버리려고 한다. 이 책을 통해 이야기하고 싹 잊어버릴 거다. 그대인 언젠가 나를 괴롭힌 친구들은 나에게 사과해 주고 그 자리에서 친구로 지내기다. 그리고 세계로 뻗어나가는 리더로 가는 방법을 내가 알려줄게. 좋은 친구들아, 모두 나와 함께하자. 이 땅 위에 하나님 나라를 건국하는 거야. 반드시 방법은 있어. 우리가 힘을 합친다면, 뭐든 될 수 있고 뭐든 할 수 있다.

갑자기 눈물이 나려고 한다. 너희들이 나를 먼저 찾아주지 않을래. 왜 내가 과거를 생각지 않는다고 할까? 너희들은 아니? 바로 이 문장 때문이야 들어볼래.

과거에 얽매이면 현재를 살아갈 수 없고, 현재에 또 너무 얽매이면 미래를 건설할 수 없다.

그래서 난 과거를 생각지 않아. 그러니 빨리 그 죄에서 해방되려면 나를 찾아와 진심으로 미안하다고 한마디 해 주라. 그럼 딴 이유 없이 용서할 거다.

여기까지가 나를 괴롭힌 이들에게 남기는 편지라고 할까, 그렇다. 나처럼 이렇게 쉽게 용서가 되는 게 가능할까? 어, 가능해. 아니 사실은 쉽지 않았어. 너희들을 용서하기까지 30년이 넘게 걸렸거든. 그러나 지금은 내가 암울했던 시기는 다 행복으로, 축복으로 채워낼 거거든. 내 과거에는 행복만 존재했고, 희망만으로 가득했다고 생각할 거야.

그러니 너희들은 나에게 전화 한 통을 해 주고 한번 만나서 남자답게 사과하면 끝난다. 나를 괴롭힌 친구들은 모두 몇 명이나 될지 궁금하다. 한 30명, 아니 50명이 될 수도…. 그렇게 나와 천국 프로젝트에 참여하자.

난 반드시 이미 너희들을 용서했다고 했다. 왜 그렇게 확신할 수 있냐고? 그건 말이야, 얼마 전 한 달 전쯤이었던 것 같아.

그날 문득 그런 생각을 했다. 김○장이라는 친구가 빵과 우유를 빼앗아서 갔다고 했다. 그런데 하나님이 말씀하시길 "홍규 너는 지금도 빵 타령이냐? 너 지금 마음만 먹으면 빵을 한 보따리도 사서 먹을 수 있잖아." 아! 그렇구나! 얼마 되지 않는 빵과 우유를 빼앗겼지만 그래도 난 지금 마음대로 먹을 수 있는 형편에 감사해야 하는구나!

다른 것도 다른 친구 잘못도 이렇게 생각하면 마음이 편해지네. 그때 깨달은 거야.

난 마음만 먹으면 무엇이든 될 수 있고, 먹을 수 있는 형편에 감사할 뿐이야.

친구들과 용기를 내서 내게 전화해 줘. 그 순간 우리는 행복해지는 지름길을 향해가는 거야.

그렇다. 한 사람이 변화되면 많은 사람이 바뀔 수 있다.

여하튼 우리 모두 3년 뒤엔 프로젝트가 시작된다.

반드시 그걸 한 치 오차 없이 하나님께서 하시리라 믿는다.

너희들도 거기에 동참하자!

정신장애, 이길 수 있다

분명히 좋은 일만 가득하게 되는 세상을 만들어가는 거야.

나의 계획은 끝이 없다. 왜 하나님께서 그렇게 나를 프로그램에 맞게 만들어 놓으셨거든. 반드시 이루실 그 계획을 이루자. 하늘에 계신 아버지께서 함께하신다.

다시 한번 말한다.

너희들은 모두 하나님 안에서 한 형제, 한 가족임을 잊지 마라.

이제 끝도 없던 괴롭힘에서 바로 끝도 없는 축복으로 바뀌었다.

친구들 만날 때까지 끝없는 전투 속에 보내게 될지도 모르겠다.

원래 하나님 안에서 참된 삶을 살려면 머리에서 지진이 나고 엄청난 대가를 치러야 가능하단다. 그래, 영적 전쟁에서 승리하고 2~3년 뒤를 기다리자. 모두 파이팅!

2장

긍정으로
세상을 이겨내다

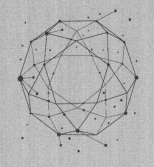

★

책을 놓을 수밖에 없었다

요즘 사람들은 왜 책을 읽지 못하는 것일까? 참으로 궁금하다. 책을 읽는 것은 지성인으로서 당연히 해야 할 덕목이 아니던가. 우리는 책과 함께해야 한다. 우리 영혼의 동반자이다. 뗄 수 없는 관계인 것이다. 바로 이것은 선택할 수밖에 없는 당연한 행동과 습관이다. 난 어릴 적부터 책을 좋아하는 아이였다. 그러나 정신장애가 시작되어 책을 놓을 수밖에 없었다. 그래도 책을 읽어야 하느냐고 하면서 나 자신을 책 읽는 사람으로 만들어야지 생각했다. 20대 초반에 다시 책 읽기에 돌입하여 돌파구를 찾기 시작했다.

그리고 30대부터는 책을 무섭게 읽게 되었다. 지금은 결코 책과 떨어질 수 없는 습관과 행동이 만들어졌다. 지금 이렇게 책을 재밌게 읽고 있는 나지만, 환경과 내 몸 상태로 인해 포기할 수밖에 없었다. 책을 읽는 습관을 만들기 위해 난 내 몸이 지진이 나듯이 참 힘든 시기를 보냈다. 어지럼증으로 인해 난 분투했다. 책과 하나가 되기 위해 몸부림을 치며, 싸워야만 했다. 그래도 끝까지 놓지 않았다. 책 읽는 습관을 들이기란 여간 힘든 것이다.

책을 일주일에 2~3권씩 읽어내면서 자신감과 자존감으로 내 마음이 정돈돼 갔다.

이는 실로 경이롭기까지 하다. 이걸 이겨내면서 참으로 감사한 하루하루를 보내고 있다. 앞으로 나만이 감당할 수 있는 뭔가를 이뤄내기 위해 부단히 노력하고 있다.

지금으로 말하자면, 이루어낸 것이 하나도 없다. 그러나 난 달라질 거다. 그저 묵묵히 책을 쓸 것이고, 책을 읽어 연구하는 사람이 될 거다. 성장하기가 어렵지만, 그만큼 성장하기까지 노력이 필요하긴 마찬가지다. 그러나 할 수 있다. 여러분이나 저나 똑같은 위치에서 시작하면 된다.

누군가는 빨리 가고 느리게 가는 듯하지만, 그래도 거북이가 이기는 일도 있지 않은가. 그러니 여러분들도 이제 다시 시작하자. 다시금 몸과 마음을 정비하고 새롭게 시작하자. 지금도 늦지 않았다. 50세가 넘고, 60세가 넘으면 어떤가. 내가 해내겠다는데 말이다.

우리 어머니는 내가 뭔가 시작하려고 하면 무조건 반기를 드신다. 왜 그렇게 되었을까. 난 무척이나 포기를 많이 하고 살았다. 그만큼 돈도 많이 까먹기도 했다. 어머니께서 그러시는 거는 어쩌면 당연할 일이다. 이해한다. 어머니께서 걱정하시는 만큼 나도 기대에 부응하는 아들이 되고자 다짐한다.

내 입에서 나온 말을 조심해야 한다. 내가 말한 말 때문에 누군가를 힘들게 할 수 있다는 걸 조심해야 한다. 요즘 어머니와 엄청나게 대립하고 있다. 문제는 돈이다.

이렇게 싸우더라도 조금씩 조금씩 꿈을 실현하는 아들이 되겠다고 다짐을 한다.

너무나도 어머니께 죄송하다. 어제는 싸우면서, 얼마나 힘드시면 평생 숨겨온 얘기를 꺼내셨다. 나를 가지셨을 때 지우자고 말이다.

너무나 슬프다. 축복으로 태어난 게 아닌 어쩔 수 없는 선택으로 내가 태어난 것이다. 그래도 난 부모님을 미워할 수 없다. 더욱더 사랑으로 모실 거다. 지금은 아직 무명작가이지만 반드시 성공하리라 믿는다.

나는 해낼 것이다. 어떻게든 선한 능력으로 일어설 준비를 하고 힘차게 비상하는 날개를 띄울 것이다. 여러분들도 함께 가자. 이 험한 길을 함께한다면, 내 어려운 문제가 수월하게 해결됨을 믿자.

얼마 전 일본에서 올림픽이 치러졌다. 이번 올림픽은 바쁜 일상 때문에 많은 관심을 기울이지 못했지만, 우리나라 선수들 모두 수고가 많았다. 다음에는 더욱 성장하리라 믿는다.

뜬금없이 올림픽을 말하겠는가. 그 선수들을 올림픽을 치르기 위해 엄청난 노력을 했다는 것이다. 그저 내게 주어진 일만 하게 되면 도태되기 쉽다. 그 이상을 위해 끊임없이 노력하는 일만이 살 길임을 잊지 말자.

여러분은 성공할 자격이 있다. 그러니 자부심을 가져도 좋다. 심리 조절로 내 자신을 긍정한 사람으로 세우자. 반드시 길은 열리게 되어 있다. 많은 이들이 지금, 이 순간에도 성공에 이르러 부자가 되는 삶을 꿈꾼다.

그럼 당신들은 무엇을 위해 도전하고 애를 쓰는가. 그렇다 어쩌면, 우리는 부자가 되는 방법을 잘 알고 있다. 그러나 문제는 우리가 부자들이 하는 행동을 따라 하지 않는 것이다.

분명히 부자가 되는 방법은 온 세상에 엄청나게 많다. 우선 우리는 빚을 만들지 말아야 한다. 나 자신도 많은 빚을 가지게 됐지만, 분명히 다시 일어나게 될 것이다. 그래야 세상이 이치대로 잘 돌아가게 된다.

어떤 상황에도 우리는 끝까지 성장하고 성화되어야 한다. 그리고 열매를 맺어야 한다.

그것이 바로 하나님께서 우리에게 열어주신 미래다. 우리는 그분께 기도하고 또 기도해야 한다. 또한, 우리 자신이 각성해야 한다.

그렇게 술을 먹고 넋을 잃으면 안 된다. 술에 취하는 것은 영혼을 파는 것이라 했다. 반드시 술도 끊고, 담배도 끊어야 한다. 나쁜 습관을 하나하나 버려야만 된다. 축복이 어떠한 방법으로 우리에게 들어오게 될지 아무도 모른다. 그것들을 받아 누리기 위해 기다리고 기회를 잡아야 한다.

기회는 우리에게 평생에 3번 온다 했다. 그러나 난 그렇게 생각지 않는다.

반드시 많은 기회가 찾아온다. 우리가 준비되지 못했고, 받을 그릇이 못 되기 때문에 그런 것이다. 그럼 정말 우리가 기회를 놓치지 않기 위해서는 어떤 마음가짐과 노력이 있어야 하는가.

그건 간단하다. 강력한 믿음과 신념, 그리고 내 마음이 빛으로 가득하면 된다.

우리에게 부가 눈앞에 와있다. 받을 준비가 됐는가. 사실 주님만이 아신다.

모두 주님이 허락해야만 가능하다. 물론 태도가 되고 마음가짐이 갖춰져 있다면, 부자가 되는 게 그리 멀지 않은 거다.

여기서 다시 말한다. 믿음과 신념은 어디에서 오는가이다. 그건 바로 주님에게서 온다. 결코 내가 노력한다고 되는 게 아니다. 말하고 싶다. 오직 열쇠는 주님께 있다고 말이다. 정말 내 아버지 어머니께서 나를 낳은 것이 후회되지 않는다는 말씀을 듣기 위해 나는 오늘도 책을 쓰고 있다. 도와주소서! 주님 제가 책을 쓰는 기술을 허락해 달라고, 꼭 팔려나가는 책을 만들게 하소서! 라고 말이다.

나는 할 수 있다. 반드시 난 성공으로 이르게 되고 내가 꿈꾸는 일들을 이룰 것이다.

여러분이 성장하는 것을 누구보다 주님께서 바라신다. 그것은 즉, 누구든지 선한 마음을 품는다면 부를 이루게 된다.

너무나도 머리가 아픈가. 그러지 않았으면 한다. 내가 원하는 것은 바로 그거다. 단지 리더가 되는 거다. 더 나아가 세계적인 리더로 발돋움하고 싶다는 거다.

이것이 어려운가. 성경에서 보면 말이 씨가 된다 했다. 그것을 믿고 기도하라. 그리고 말하라. 종이 위에 쓰고, 말하고, 행동으로 한 가지 이뤄나가면 우리는 성공이라는 문에 들어갈 수 있다.

반드시 항상, 준비되어야 한다. 많은 이들에게 귀를 기울이고, 애를 써야 한다.

그것이 바로 내가 해야만 하는 거다. 서로에게 도움이 될 만한 사람이 된다? 이 말은 무엇인가? 그건 바로 사랑이다. 다시 말해 생각하는 거다. 생각은 사랑이고 열매다. 당연히 생각하고 사랑하므로 열매를 맺어야 한다. 주님께서는 우리에게 무한대로 주실 생각을 하고 계신다. 그러니 그걸 바로 누릴 때가 도래했다.

많은 이들에게 곳간 열쇠를 하나씩 주실 것이다. 즉 거룩한 청지기가 돼야 한다. 거룩한 청지기는 하나님 것을 정성으로 지켜내야 한다. 우리는 좋은 땅이 돼야 한다. 여하튼 우리는 그만한 축복을 받아 누리기에 부족함이 없어야 한다.

지금부터 내가 강력히 말한다. 반드시 책을 읽는 것 즉, 독서는 우리에게 선택이 아닌 필수다.

그러니 지금까지는 책을 읽는 것이 힘들었다면, 노력하고 훈련해라. 내가 어지럼증과 여러 증상으로 인해 힘들게 그 과정을 이겨냈던 것처럼. 우리 모두 앉은 자리에서 책을 한 권씩 읽어내는 능력을 갖춰보자! 물론 태어나면서 책이 맞아서 책을 읽는 게 쉬울 수도 있다. 그러나 중요한 건 우리가 얼마나 책이 간절한지이다. 책을 읽으면 부자가 된다는 것은 지당하신 말씀이다.

내가 아닌 책을 쓴 여러 선배 작가님들이 한 말이다. 내가 하면 여러분도 가능하다. 우리 모두 끝까지 도전하자. 하루에 한 권씩 읽는 독서왕이 되기까지 나는 계속해서 여러분에게 지독한 잔소리를 할 거다. 독서왕이 되고자 하는 여러분이 최고이다.

정신질환이 시작되다

　고2 시절 난, 아니 그 이전부터 정신질환과 싸움이 시작됐다. 초등학교 시절부터 있던 정신질환이 고2 때 폭발이 된 것이다. 그 당시 광주 세브란스 정신건강병원에 입원하게 되었다. 내 삶은 그때부터 멈춰버렸다. 그럴 수밖에 없는 것이 약을 먹으니 잠만 잘 수밖에 없었다. 주치의 선생님이 그랬다. 마치 교통사고를 당한 것이기에 수면을 통해 쉼이 필요하다고 했다.

　정말 의욕도 없고 "이렇게 살면 뭐 해"라고 말하며 내 자신이 참비참했다. 죽고도 싶었다가 막 뭔가 하고 싶고, 뭐든지 될 수 있다는 자신감이 생기기도 했다. 나중에 알았는데 그건 조울증이라는 병이었고, 감정 기복이 심한 게 주증상이라 했다. 처음에는 내가 무슨 증상을 겪고 있는 건지도 몰랐다. 여하튼 이렇게 정신질환이 시작되었다.

　사실 그런 증상들은 아주 오래전 형성되어온 것이다. 초등학교 시절부터 그런 증상이 있었기에 나를 만만히 보는 친구들이 있었던 게 당연하다. 그래도 난 희망을 잃지 않았다. 바로 난 그러한 것들을 이겨내려 큰 노력을 했다. 병원에서 만나 친구가 된 이들도 있다. 그런 친구들이 많이 위안이 되었다.

조현병, 지금은 조현병으로 바뀌게 되었다. 그리고 조울증을 거쳐 조중형 정동장애에 이르기까지 많은 증상과 병들이 한꺼번에 나에게 달려들었다. 그런데도 난 정신질환과 심하게 싸우고 있었다. 반드시 이길 힘은 있고 길이 있다는 것을 알았다. 반드시 주님께서 고쳐주시리라 굳게 믿었다. 요즘 정신질환은 친척 중에는 꼭 1명 이상이 있을 정도로 흔한 병이 되었다. 미국에서는 이러한 병들을 가볍게 여긴다.

단지 감기 증상으로 치부하기도 한다. 그런데 이 시점에서 보면 많은 것이 달라졌다. 코로나가 퍼지기 시작하면서 감기도 잘못 걸리면 죽을 수도 있다는 것이다. 코로나로 인해 신종 정신질환에 어려움을 겪고 있는 이들이 적지 않다는 거다.

앞으로 어떤 병들이 우리를 엄습할지 모른다. 그러니 우리는 만반에 준비를 해야 한다. 우리에게 병은 왜 찾아오는가. 그건 바로 주님께서 병을 통해 당신을 찾게 하시려고 말이다. 이게 틀린 말인가. 난 그렇게밖에 설명할 수 없다.

그럼 당신들은 병이 우리에게 찾아드는지 한마디로 정의할 수 있는가. 그렇지 못할 것이다. 그럼 우리는 이 병들을 잡을 수 있는가. 답은 없다. 정의한 말이 어떻게 보면 확실할지 모른다. 주님께서 그 병으로 인해 만나고 싶은 거다. 그러면 내 고집을 꺾으시고 주님 앞에 엎드릴 수 있기 때문이다. 실로 주님 앞에 나서기도 쉽지 않은 문제이다. 그럼 어떻게 이 병들을 이겨내야 한다.

마음에 쓴 뿌리를 깨끗이 지워버려야 한다. 그러기 위해서는 또 어떤 방법들이 필요한가. 그것 간단히 설명해 보겠다. 어둠이 있는 내 마음에 빛을 채우면 된다. 이 말씀은 참고로 판교교회 담임목사님이신 문성국 목사님께서 설교 말씀으로 잘 이용하시는 대목이다.

좋은 것들을 하나하나 내 마음에 쌓기 시작할 때 반드시 우리는 영적인 질병과 육체적인 질병이 깨끗이 치유되는 경험을 하게 된다. 우리는 흔히 심리가 붕괴한다고 말을 한다. 이 말은 방송에서 말하기 시작했다. 뭐 조금만 어지러우면 심리가 붕괴했다고 말들을 하는데 그건 틀린 말이다. 왜냐하면, 심리가 붕괴한다고 말하는 것은 엄청나게 힘이 든다는 말이다. 결코 작은 병이 아님을 알아야 한다.

그게 중요한 말은 아니다. 앞으로 우리는 더 많은 병에 마주하게 될 것이다.

코로나 이게 두려운 게 아니다.

정신장애, 이길 수 있다

오직 여호와를 두려워해야 한다. 난 코로나를 무서워하지 않는다. 사람이 자존감과 자신감이 충만하다면, 어떤 병도 이겨내는 힘이 생긴다. 우리가 모두 이럴 때일수록 공부하고 또 공부해야만 한다. 여러분이 결코 이렇게 코로나로 속수무책으로 당해서는 안 된다.

나는 감당해낼 수 있다. 하나님이 함께하시면 가능하다. 나 자신을 발전시키기 위해 병을 주신다. 참으로 안타까운 것은 때론 어떤 선한 사람에게 큰 병을 주시어 결국은 죽기까지 하는 삶으로 이끌어 가신다. 이처럼 주님께서는 누군가에게 피 값을 원하신다. 그 누군가 희생으로 인해 많은 이들을 더 살리기도 하시는 분이다.

그러니 꼭 하나님을 신뢰하고 믿는다고 해서 병에 걸리지 않으리라는 법은 없다. 믿는다고 병이 안 걸리고 안 믿는 사람은 병에 걸린다. 이것도 억측일 뿐이다. 우리는 사는 날까지 치열하게 싸워야만 한다. 그런데 우리에게 주님은 말씀하신다. 이미 이긴 싸움이라고 내가 지금 듣고 있는 찬양에서 말해 주고 있다.

내가 말하고 싶은 것은 병은 우리를 하나님 안에 두시려는 계획이다.

그것을 잘 알아차리리라 믿는다. 그렇다고 하나님만 믿으면 병도 이길 수 있고, 성공도 할 수 있다? 이건 또 아니다. 분명한 것을 병을 낫게 하려고 방법을 찾아야 하고 또한 주님께서 허락하신 의사들도 찾아야 한다. 그리고 책을 동원하여 연구하고 또 연구해야만 내 것이 되고 성장이 된다. 그리고 병도 이길 수 있다는 것이다.

우리는 연약한 존재이고, 부족한 존재이지만 많은 훈련을 통해 이겨낼 수 있다고 다짐한다. 성장하는 방법을 모르십니까? 그럼 공부하십시오. 그 답은 책에 있다. 물론 책에 기원이 되는 성경 말씀도 정독해야 한다.

성경이 주는 교훈에 귀를 기울여야 한다. 참 이렇게 보면 우리가 해야 할 일이 많은 것 같다. 그러나 그렇지 않다. 우리가 감당해낼 수 있을 만큼만 하면 된다. 그래서 우리는 성장하면서 바로 감당할 수 있는 면역력이 생기기 마련이다. 우리가 성장하는 것을 주저하는가. 반드시 해야만 하고, 할 수 있어야 한다. 바로 이것은 피해갈 수 없는 숙명이다. 우리는 성장해야만 하고, 끝까지 도전해야 한다.

나에게 정신질환은 성공을 부르는 운명이었다. 척추가 휘고 그 통증으로 인해 난 남들에 비해 두 배 이상으로 노력해야 했다. 어떻게든 살아야만 했다. 그러니 하루도 허투루 보낼 수가 없었다. 앞으로도 난 더 노력하고 성장을 위해 내 몸과 마음을 내던질 것이다.

성공하지 못해 못내 아쉬운가. 그럼 노력하자. 아니 노력하는 것 갖고는 성장에 답이 될 수 없다. 더 처절하게 몸부림쳐야만 가능하다. 나도 그렇게 되기 위해 책을 쓰고 있다. 또한 책도 끝없이 보고 연구한다. 요즘은 마음만 먹으면 책에서 모든 걸 간접적으로 경험할 수 있는 시대다. 그렇기에 우리는 감당해야 한다. 지금 멈추면 안 된다. 물론 지금 너무 일어날 수 있는 힘든 삶에 처해 있는 사람도 있을 것이다.

그럼 친구들을 찾아라. 내 얘기를 들어줄 수 있는 사람들을 말이다. 요즘엔 사각지대에 놓여 있는 이들에게 도움을 주는 이들이 많다. 나도 사실은 며칠 전 주민센터에서 전화가 왔다. 생활에 어려운 이들에게 주는 식료품을 주신다고 해서 참 감사했다. 그렇게 마음먹고 도움을 요청하면 도와줄 이들이 많다는 거다.

그러니 요즘은 많은 이들이 도와줄 마음들을 갖추고 있다. 세상에는 선한 이들이 많다. 그건 우리 세상이 아직은 살만하다는 얘기다.

반드시 겪게 되는 어려움을 이겨 낼 수 있다는 것은 나 혼자 이겨낼 수 없다는 이유다. 누군가와 함께해야 하며, 누군가에게 손을 내밀어야 한다. 도움을 요청하는 게 창피한 것은 아니다.

정신질환과 싸우는 사람이 있는가. 지금 당장 이불을 걷어차고 나와 의사와 상담을 요청하라. 그게 절대 부끄러운 것은 아니다. 반드시 아픈 이들에게는 절차이다. 살면서 질서와 절차를 무너뜨리지 마라. 그럼 큰 아픔으로 다가올 수 있다.

삶이 어렵더라도 꼭 이겨내자. 힘들 때 나를 찾아오면 대화 상대는 되어줄 수 있다.

상대방 얘기를 들어주는 것이 절대로 쉽지만은 않은 행동이다. 그래도 난 기꺼이 그런 이들 길잡이가 되고자 노력하고 있다. 내가 정신질환이 시작된 것은 나만이 가진 교만함이 문제였다. 그걸 깨달은 뒤 많이 혼란스러웠지만, 그래도 잘 이겨냄이 감사할 뿐이다. 앞으로 정신질환이 정복될 때까지 선한 싸움으로 이겨내리라!

정신장애, 이길 수 있다

⬟
늦깎이 대학 생활

앞에 말했듯이 중간에 학업을 중단해야 했다. 고2 때 난 정신질환이 걸려서 학교를 그만두어야만 했다. 그래도 공부에 욕심이 있었다. 그래서 난 방송통신고등학교에 문을 두드렸다. 다행히도 그 당시 담임 선생님께서 3학년으로 월반을 시켜주셨다. 그 덕분에 3학년에 편입되었다. 그 후 2005년도에 졸업을 했고, 05학번으로 대학 문턱을 넘었다. 참으로 기적과 같은 행운이었다.

전공은 사회복지 비서행정이었다. 학교에 다니면서 처음 중간고사 기간이 다가왔다. 그런데 여기서 공포가 밀려왔다. 시험이 나에겐 너무나 무겁게 느껴져서 포기할까를 놓고 부모님과 상의했다. 그때 아버지께서 더 다녀보라고 권유하셨다. 그런 나는 하루하루 더 학교를 나가고 있었다.

참으로 재밌는 시간이 되었다. 과 MT에서 남자가 여장하여 무대에 서는 거였는데 내가 코믹 버전으로 밀고 나가 1등을 하고 만 것이다. 그땐 내가 짱이었다. 그렇게 저렇게 많은 추억을 쌓았다. 그럼 성적은 어땠냐고? 평점 3.77로 기대 이상 성적을 거두었다. 그렇게 겁을 먹고 학교를 그만두었더라면, 나는 더 절망스러운 삶을 살았을 것이다.

그래도 난 해야만 했고 처절했다. 대학에서 내가 또 하나 경험한 것은 교수님으로부터 선거관리위원회에 추천도 해 주셔서 하루 경험으로 많은 것을 느낄 수 있었다. 그 당시 김주환 교수님은 나를 그만큼 신뢰해 주셨다. 그분께 지금 이 자리를 빌려 감사 말씀을 전한다.

난 대학 시절을 완벽하게 보냈다고 자부한다. 앞으로도 4년제 대학에 도전하려 한다. 4년제를 졸업하여 사회복지사 1급 자격증을 꼭 따내고 싶다. 그러므로 인해서 내가 가고자 하는 길을 가야만 한다. 군대도 난 면제를 받았다. 시간상으로 그렇게 좋는 것은 아니었다.

지금 내가 결혼도 못 하고 있지만 언젠가는 가정도 꾸리고 행복하게 살아가는 삶을 살아내리라 믿는다. 내가 좀 더 변화되고 삶을 이겨내려면 끊임없이 도전해야 한다 생각한다. 대학 시절에는 사람들 때문에 힘들지는 않았다.

대학 생활을 지금에서 생각하면 정말 잘 해냈다고 나 자신에게 칭찬해 주고 싶다. 얼마든지 내가 도전하면 성공할 수 있겠다고 하는 자신감은 대학 생활이 많은 도움이 됐다. 그 좋았던 시절이 16년을 지나는 시점에서 인생 중간 보고를 한다면, 참! 해냈노라고 다시 한번 수고했노라고 생각을 한다.

대학 생활 전까지는 너무 힘든 시기를 보냈다. 그래도 빛이 들어오고 있다. 서서히 들어오고 있는데 그 빛을 내 안에 들어오기까기는 어렵다.

그러나 그 빛을 소유할 때 충만한 자존감과 자신감으로 뭉쳐서 세상을 참 아름답게 살아갈 수 있다. 어떤 순간에도 난 빛을 소유하기 위해 노력을 할 것이다.

빛을 소유하는 순간 어떤 불안감도 나를 흔들 수 없음을 안다.

설령 내가 또다시 넘어진다 해도 안 또다시 일어나게 된다. 또한, 다시 말하자면 내 대학 생활이 꿈과 비전을 보게 했다는 거다. 어떤 경우이든 대학 생활을 허투루 보내면 안 된다. 대학 시절을 통해 인생이 바뀐다 해도 과언은 아니다. 난 대학 공부 경험을 다시 하고 싶다. 물론 사이버대학 생활이지만, 그 나름대로 경험을 중시해야 한다. 어떤 방법으로 공부를 해도 정말 고마운 시절이 됨에는 틀림이 없다.

그렇게 해서 난 언젠가 박사학위도 받을 거다. 나를 아는 사람들은 그게 가능하겠냐며 의구심을 갖는 이들이 있을 것이다. 그렇게 치부해도 난 그 길을 뚜벅뚜벅 걸어갈 것이다. 어떤 삶이든지 축복이 되는 삶을 살아내야 한다. 누군가에게 얻어지는 게 아니다. 반드시 내가 노력하고 전진할 때 생기는 축복이다. 그러니 내가 진정으로 원하는 그 길을 꿈으로 그려라.

반드시 이뤄내게 되리라. 언젠가는 이루게 된다. 반드시 이루는 게 맞다. 누구든지 가능하다. 어떤 삶이든 축복받지 못한 삶은 없다. 그러니 모두 자존감을 회복하자! 나 자신을 사랑하는 마음이야말로 진실한 어루만짐이다. 결코 나 자신이 불행하다 여기지 마라. 나 자신이 정말 행복해진다고 하는 긍정적인 마음으로 살아내라. 나를 깎아내리는 순간 우리는 넘어진다. 그러니 나 자신을 일으켜 세워라.

반드시 나를 가로막는 세력들을 제거해야 한다. 그렇게 해야만 한다. 왜 어찌하여 어둠 세력으로부터 무너져야만 하는가. 우리는 이 세상을 축복만 받는 것으로 채워내야 한다.

우리가 설령 지금 헤어 나올 수 없는 지경에 있더라도 하루에 조금씩이라도 움직여 세상 밖으로 나가야 한다. 나도 한때는 낮에 종일 자야 했을 정도로 무기력함에 빠져있었다. 그러나 세상에 대고 외쳤다. 난 할 수 있다. 그리고 세계 최고 부자가 된다고 말이다. 내가 바로 주인공이다. 내 삶이 변해야 주위 사람들도 바뀌게 된다.

내가 먼저 바뀌지 않는다면 주위 사람들 변화도 얻지 못한다.

내가 바뀌어야 세상 삶은 유지된다. 그것은 당연한 이치다. 우리가 마음먹은 대로 된다는 말이 있다. 이 말이 그냥 나온 것은 아니다. 반드시 일리 있는 말이다. 우리 뇌가 생각하는 대로 우리 몸은 움직인다. 빨리빨리 생각 전환을 통해 우리 변화를 끌어내자. 그럼 세상이 조금씩 변화되어 가는 느낌을 받을 수 있다는 거다. 정말로 내가 바뀌지 않는다면 세상은 움직이지 않는다.

내 가슴을 치며 후회 말고 내가 앞에서 말한 내용을 되짚어 보면서 가라.

난 분명히 책을 읽으라고 적극적으로 권유했고 또 부탁을 해왔다.

그럼 느껴야만 한다. 난 이 책에 하나님께서 주신 프로젝트를 낱낱이 공개할 것을 약속한다. 그러니 주님만 믿고 따라가면 된다. 난 중간에서 가교 구실하고 리더로서 서면 그뿐이다.

내가 리더가 될 수 있다면 여러분도 충분히 세계적인 리더가 될 수 있다.

세상에 어떤 바보라 할지라도 진심으로 내 책을 대하면 무조건 이해되리라 믿는다.

여러분은 아직도 경험하지 못한 실패에 대해 걱정하고 있는가.

그래. 이해한다. 그래도 내가 주장하는 말들은 내가 볼 때 4~5년 정도면 어느 정도 윤곽이 드러난다. 그리고 10년이 지나면 확실히 보이게 된다. 그때 가서 어떻게 해 봐야지 하는 것은 후회만이 남게 된다. 내가 책으로 이렇게 열변을 토해내는 것은 선한 사람들이 지금 너무나도 아픈 시기를 보내고 있기 때문이다. 이럴 때일수록 냉정하게 내 책을 봐주길 바란다.

내 책이 나오면 두 가지 양상으로 극명하게 적확하게 나뉠 것이다. "너무 허무맹랑한 생각 아니야!" 더 심하면 욕까지 하게 될 거다. 그러나 어떤 이들은 깨닫게 되리라. "이거 나도 하면 될까? 그럼 명 작가 말대로 실행에 옮겨볼까?" 하고 말이다. 이렇게 반이라도 나를 지지해 주는 이들과 함께 할 것이다. 서로에게 경쟁을 붙이자는 것도 아니다. 그러니 내 말을 오해하지는 말아줬으면 한다.

마음을 같이하는 사람이 많다면 분명히 거대한 성공을 이룰 수 있다. 내 말에 대부분 공감을 하기는 할 수 있을 것이다. 그런데 이것을 이뤄가기엔 세상이 너무 개인주의고, 또한 '어떻게 각 사람의 생각을 하나로 모은다는 건지 이해가 되질 않아'라고 생각하는 사람도 있을 것이다. 그래도 끝까지 이 책에서 하나님께서 내게 명령하신 프로젝트를 감당해낸다고 약속을 했다. 그러니 해 보지도 않고 포기할 수는 없지 않은가.

정말이지 하루라도 빨리 이 책 쓰는 작업을 끝내는 길이 나 자신이 이겨낼 숙제이다. 다시 말하자면, 대학 생활은 너무나 중요하다. 사실 난 고등학교 시절을 포함해 학창 시절을 너무 암울하게 보냈다. 그러니 대학 생활을 멋지게 끝나게 됨을 감사한다. 나를 진정 주님 도구로 사용하소서!

정신장애, 이길 수 있다

대학 생활을 멋지게 해낸 것처럼 사회생활과 영적 전쟁을 무사히 마치고 하나님께 갔을 때 수고했다고 생명 면류관을 받으면 그뿐이다. 다르게 욕심이 있다는 것은 아니다. 정말 미치도록 승리하고 싶다. 그러니 나를 평화 도구로써 사용됨을 감사하고 산다. 앞으로 우리가 준비해야 할 일들을 해야 한다.

나에게 상담을 신청하시라. 반드시 그들에게 상황에 맞는 이야기를 전해 줄 것이다.

서두에 내 연락처는 공개했다. 꼭 이 책이 아니더라도 페이스북이나 네이버 블로그('아모스 독서 이야기')를 통해 나와 연락할 수 있다.

위기가 사람을 만든다

사람은 살면서 많은 위기를 맞이한다. 그런데 위기를 맞으면 두 가지 양상이 나타난다. 하나는 그 위기 앞에 포기하는 삶을 사는가 하면, 누군가는 그 위기를 돌진하여 뚫어버린다.

이렇게 위기는 사람을 포기하게도 만들고, 성장으로 만들어 성공하는 계기로 삼는다.

나도 위기를 참 많이 겪은 사람이다. 여기서 내가 경험한 것은 초등학교 시절 발목이 부러졌고, 2009년 31세 때 다시 발목이 부러진 것이다. 이렇게 양쪽이 다 부러지는 상황이 시차를 두고 온 것이다.

진짜 나같이 두 발목이 다 부러지는 것도 드물 것이다. 그런데 이러한 것을 겪으신 분이 계시다. 바로 내 큰아버지시다. 그분은 공사판에서 떨어지셔서 양쪽 발목이 부러지고 말았다. 하나만 부러져도 생활이 어려웠는데 그렇게 심하게 다치셨다. 사람들은 이런

정신장애, 이길 수 있다

위기를 통해 만들어지는 듯하다. 삶을 그대로 즐기면서 살 수는 없을까?

이 물음에 여러분은 어떻게 대답하겠는가. 성장하기 위해서는 반드시 위기가 필요하다. 그러니 위기를 아픔으로만 볼 것이 아니라 기회로 봐야 한다. 아픈 만큼 성장한다고 누가 말했다. 그러다가 시간이 지났을 때 우리는 깨닫는다. 그 위기가 우연이 아니었음을.

바로 나만이 그 아픔을 알 수 있다. 겪어보지 못한 사람은 모른다. 그런데 모두 그렇게 다치고 또다시 힘을 내 살기 마련이다. 내가 지금 "위례 재활의학과 병원"에서 일하고 있다. 여기 환자들은 대게 뇌졸중, 뇌경색 등으로 입원하게 되어 재활 운동치료를 받고 있다.

이들은 시간이 걸려서 그렇지 대부분 좋아져서 퇴원하게 된다. 참으로 다행인 것이다. 이런 좋은 병원이 있기에 우리를 위기로부터 구해 준다. 이 병원에서 일하게 됨을 감사한다. 앞으로도 오랜 시간을 함께했으면 한다. 아직도 난 깨어져야 한다. 더 깨지고 상해야만 나 자신 마음이 건강해지기 마련이다. 그러나 큰 사고는 좀 일어나지 않았으면 하고 기도를 드린다.

앞으로 병원 신세를 질 일이 없었으면 한다. 모두 위기를 통해 기회를 잡는다. 위기를 간단하게 풀어보면 이렇다. 위험과 기회가 시차를 두고 함께 온다고 말이다. 위기가 그렇게 나쁜 것은 아니

다. 서로에게 힘이 되고 위안이 될 수 있다면 얼마나 행복한 일이
던가. 나도 이젠 건강해지는 신호를 받고 있다. 척추 디스크가 파
열되는 상황까지 와도 몰랐던 위기 속에서도 난 계속해서 성장을
위해 뛰었다. 여전히 책을 읽었으며, 좋은 습관들을 만들어 갔다.

앞으로도 계속 노력하여 위기를 기회로 삼는 삶을 살게 되리라.

정녕 아픔이 와도 또 하나님을 찾고 붙잡으며 나아간다. 설령 또
함정에 빠지더라도 나 자신을 구원하시는 하나님을 경외하고 감사
하며 보내리라. 사람이 어떻게 그런 위기 앞에서 겸허해지지 못 할
수 있을까.

의구심이 드는 대목이다. 하나님은 내가 감당할 시험만을 주신
다고 하신다. 그럼에 동감한다. 결코 난 하나님 은혜를 위기를 잘
넘겼으니까. 감사하다. 또, 어떤 기회가 찾아올지 궁금하다. 어떤
시험을 통해 성장하게 될지 내심 걱정도 되지만 이 또한 이겨내리
라 믿는다. 책을 쓰는 것이 이렇게 좋은 감정일지 오늘에서 깨닫게
된다. 앞으로 매일 이렇게 써내는 하루를 보내야지 하며 다짐한다.

사람이 고통 없이 성장하는 삶은 무의미하다. 그래도 한두 가지
위기를 통해 더 단단해짐을 느껴야 한다. 어떻게든 뛰어넘어서고
싶다. 책을 써서 신분 상승을 하고 싶은 게 내 솔직한 고백이다.

나는 정녕 해내리. 어떤 장애물이 나를 막아서도 넘을 것이고,
장애물에 닿아서 넘어지게 되더라도 앞으로 나간다. 뒤도 돌아보

지 않고 나아간다. 또, 다른 열매를 맺기 위해 나는 오늘도 전력으로 질주하고 있다. 내 생각을 공유하는 이유는 사랑이다. 이웃을 사랑하기 위해 내 비밀을 전해 주고 싶은 마음이다.

생각은 사랑이기 때문이다. 또 생각을 사색이라고 표현한다. 사색은 기도로서 의미도 있지 않을까. 간절한 생각을 담아 사랑을 전하는 자로 서고 싶은 거다.

많은 이들과 생각을 공유하며, 부를 나누고 싶은 것이다.

솔직히 말하면 난 무척이나 부자가 되고 싶다. 이 가난에서 벗어나고 정말 축복을 나눠주는 삶을 살아가야 한다. 위기는 누구에게나 찾아올 수 있는 희망 같은 거다. 그렇다고 해서 누구에게나 위기가 닥치는 것도 아니다. 어떤 이들은 참 평안하게 지나가는 이들도 많다.

그들을 살펴보면 대대로 3~4대 하나님을 믿는 가정인 경우가 많다. 그들은 뭘 해도 잘 되는 경우가 많다. 난 이들을 바라보며, 무척이나 부러워했고 시기를 했었더랬다.

그러나 정말 그런 생각들은 부질없는 생각이었다. 그 마음을 진정시키고 내가 가야 갈 길을 가기도 바쁘다. 바로 이런 생각들이 위기를 찾아오게 하는 결과가 되기도 한다. 이런 생각들은 영적인 교만에서 오는 경우가 있다. 그러므로 그런 감정들은 깨끗이 씻어 버리는 게 좋다.

우리가 정녕 바라는 것은 바로 하나님 안에서 참된 자유로움이 아니던가.

하나님께서 우리 주인이시고, 모든 물질이 하나님 것이다. 그렇기에 난 오늘도 구한다. 많은 물질을 내게 주사 선한 일에 사용되게 해 달라고 말이다. 물론 하나님은 무한대로 갖고 계신 분이다. 그렇다고 가만히 있으면 알아서 주시는 분은 아닌 듯하다.

구하라 찾으라 문을 두드리라고 하라 그리하면 너희에게 주실 것이요 찾으라 그리하면 찾아낼 것이요 문을 두드리라 그리하면 너희에게 열릴 것이니 (마7:7)

그렇다 구하고 찾아야만 주어진다. 그러니 열심히 두드리면 차지하게 될 것이다.

우리는 당연히 하나님께서 알아서 주시리라 믿는다. 그러나 더 기도하고 찾을 때 하나님은 반응하신다. 그러니 하나님을 붙잡아라. 그럼 신실한 자에게 주시리라 믿는다.

여러분은 하나님을 100% 믿는가. 나도 그렇게 물으면 아직 자신이 없다. 그러나 난 그렇게 가려고 열심히 노력하고 있다. 어떤 방법이든 찾을 것이다. 먼저 하나님께 지식 은사와 지혜 은사를 구할 것이다. 여러분도 하나님께 무엇이든 구했으면 한다. 우리가 필요한 것들을 아무리 구해도 주지 않는 경우가 있다. 그건 내가 무엇을 원하는지 구체적으로 말해 주길 바란다는 것이다. 난 배우자를 위한 기도도 구체적으로 하고 있다. 먼저 CCM 가수였으면 좋겠고, 부자였으면 좋겠고, 키도 170㎝ 이상이었으면 한다고, 또한 2~3년 후 내가 자주 가는 교보문고에서 나에게 먼저 와서 "저와 차 한잔하실래요?" 하는 여성과 결혼하게 된다는 과정을 꿈에 노트에 자세히 적어 놓았다.

책에다가 여러 가지 꿈을 적어 놓으려고 한다. 그것이 이루어진다면 여러분도 믿고 행하지 않을까. 바로 구하고 찾으라. 반드시 주시는 풍성한 하나님은 언제나 나와 함께 하신다.

우리는 모든 것을 의심도 하고 생각해 봐야 한다고 한다. 그러나 너무나 긴 시간 동안 문제를 떠안고 있는 것은 바람직하지 않다. 선택 장애가 될 수도 있다. 그러니 우리는 긴장해야 한다. 언제 어디서 불행이 찾아오기도 하고 행복이 한꺼번에 날아들 수도 있다.

그러니 항상 깨어 있어야만 한다. 슬기로운 다섯 처녀처럼 신랑을 맞이하려면 미리 준비해야 할 것이 있다. 준비할 내용에 대해서는 독자들에게 맡긴다.

우선 기도 탑을 쌓아야 한다. 그래야 언제든 꺼내 쓸 수 있는 무기가 된다. 이렇게 답을 해 주고 있다. 나라는 존재는 공유를 좋아한다.

그렇기에 스스로 질문하고 스스로 대답한다. 신기한 일이다.

이게 다 책을 쓰는 묘미다. 이렇게 책을 쓰지 않았더라면 없었을 재미난 이야기다.

난 꼭 성공할 수 있고, 어려운 고비도 슬기롭게 이길 수 있는 지혜가 있다. 바로 하나님께서 허락하셨다. 그렇기에 난 두렵지도 어렵지도 않다. 순간순간 찾아왔던 이유가 없는 불안 증상을 일시에 날려버려 주신 주님께 감사드린다.

항상 우리는 자기 마음대로 선택하고 후회를 한다. 누군가에게 상의하고 대화하는 것이 매우 중요하다. 나 자신도 어머니 말씀을 듣지 않고 일을 저질러서 후회를 한 적이 최근 까지도 이어지고 있다. 그러니 큰일을 앞두고 누군가와 대면하는 안전장치를 마련해 둬야 한다. 그것이 바로 하나님 아버지이면 금상첨화다. 그럼 큰 실수를 줄일 수 있다.

지금까지 위기를 이겨내는 중요한 일을 했다. 위기가 위험으로만 끝나는 것이 아닌 바로 기회가 된다는 것을 풀어냈다. 바로 우리는 누군가 의지할 대상이 간절히 필요하다. 그게 바로 부모님이 될 수도 있고, 친구들이 될 수 있다. 그러나 최고 대화 상대는 주님뿐이다.

정신장애, 이길 수 있다

도전과 실패를 거듭하다

"실패는 성공의 어머니다." 이 말에 무조건 동의한다. 다들 살면서 수 없는 실패에 부딪히면서 얼마나 아픈 시기를 보냈을까. 도전해 본지만이 실패를 경험할 수 있다. 그 귀하고 귀한 실패 후에 겪게 되는 아픔을 여러분은 아는가. 난 진정 많은 도전과 실패를 경험했다. 그런 현실이 너무나 원망스러웠다.

나 자신이 이것밖에 되지 않는 걸까? 책 쓰기도 한 번 실패로 돌아갔었다. 아니 귀한 경험이었다. 책을 쓰고 싶어서 말도 안 되는 돈을 투자해서 손해를 보기도 했다. 다들 잘하는데 나만 이렇게 포기해야만 할까? 나는 어떤 경우에도 해야 하겠다면 얼마가 들어도 하게 되는 경향이 있다. 그렇게 해서 마이너스 인생을 살고 있다.

참으로 나 자신도 한심하기 짝이 없다. 그래도 살아야 하기에 하루를 긍정으로 삶을 보내고 있다. 앞으로도 기회가 되면 또 실패하더라도 도전해야 속이 시원해진다. 언젠가 상황이 나아지게 될 때 많은 이들에게 감사를 표현하며 살고 싶다. 실패를 한다는 것은 경험에서 오는 값진 보물이다. 그렇기에 너무도 성공에 목말라하고 있다.

내가 성장하려면 실패를 더 많이 해도 상관없다. 성공이 눈앞에 있다고 생각하여 성공이라는 문에 들어가련다. 뭐든지 계획하고 마음먹은 대로 된다면 무슨 희열이 있겠는가. 실패하기도 하고 작은 성공으로 인해 더 큰 성공을 기대한다.

우리는 매번 속고 또 속는 시대를 살아가고 있다. 물론 사기 한 번 안 당하고 사람들도 많이 있겠다. 그러나 속아보지 않는 자는 속는 사람보다 성공이 작을 수도 있다. 실패 속에 성공을 바라보고 앞으로 나가야만 한다. 나는 오늘도 다짐한다. 오늘은 실패하지 않으리. 그리고 기도한다. 이왕이면 큰 성공을 기대하면서 오늘도 긍정으로 살아낸다.

지금까지 손해를 보았던 것을 책으로 승부를 내는 거대한 프로젝트를 경험하게 되길…. 실패를 경험하지 않은 삶은 성공을 그리 귀중하게 여겨지지 못한다. 난 작은 성공에도 참 기뻐할 줄 안다. 몇 주 전 예스24를 통해 규장출판사가 이벤트를 열어서 응모했는데 당첨이 되어 책 3권이 왔다. 참으로 기쁜 순간이 아닐 수 없었다. 그렇게 항상 성공하는 건 아니지만, 그래도 소소한 성공이 오

정신장애, 이길 수 있다

면 하나님께 감사를 드린다. 오늘도 승리했노라고.

이 작은 성공들이 모여 큰 성공으로 다가서는 날 춤을 추며 나아가게 되리. 우리가 실패를 자꾸 하는 것 우리 마음이 교만해지지 않게 하기 위한 하나님이 주관하시는 계획이다. 그 계획에 풍덩 뛰어드는 것도 나쁘지는 않다.

바로 내가 주장하고 싶은 것은 인생에 있어 큰 것이 주어져도 정말 겸허히 받아들일 준비가 되어야 한다. 그렇다. 난 그걸 말하고 싶은 거다. 작은 실패들이 진정으로 큰 성공이 됨을 잊지 마라. 그럼 반드시 내게 닥칠 고난이 그리 크게 보이지 않을 터이다. 그러므로 우리는 좀 더 겸손이 앞을 내다보고 걸어가야 한다.

산 정상을 오르고도 단 한 걸음 내딛음이 절벽 아래로 떨어질 수도 있다는 거다. 참으로 그렇게 되면 안타깝지 않은가. 그럴 때일수록 더욱 조심하고 또 조심해야 한다. 내가 반드시 세상에 중심이 되는 날 어깨를 나란히 할 친구들을 찾는다. 내가 더 낫고 네가 더 낫고가 없다. 동등한 입장에서 세상을 지배하는 날을 기대한다.

난 남들과 클래스가 다르다. 나는 세계적인 리더를 꿈꾼다. 너무 세상을 얕잡아 봐서 그런 게 절대 아니다. 누구든 한 분야에서 최고가 되는 것을 꿈꾸지 않는가. 그러니 누구도 욕심을 부릴 자격이 있다. 그래서 난 솔직히 욕심을 부리고 싶다.

이 한국에서 리더가 아니다. 세계적인 리더가 되기 위해 수많은 실패를 경험한다 해도 꿋꿋하게 삶을 향해 나아갈 것이다. 우리는 모두 반드시 세계적인 리더를 꿈꿔야 한다. 물론 우리 대한민국에서라도 리더가 된다면 성공하게 된다는 거다.

그러나 난 그렇게 생각지 않는다. 바로 우리는 악한 세력에 대항하여 악을 선으로 바꾸는 작업을 감당해야 한다. 미국에는 나쁜 가치관을 가지고 살아가는 이들이 많다.

그들이 가지고 있는 물질들을 우리가 가져올 의무가 있다.

어둠 세력이 판을 치는 것이 내가 용납하지 않는다. 아니 하나님도 그렇게 놔두질 않을 것이다. 그러니 우리가 모두 각자 삶을 되돌아봐야 한다. 그저 지금 위치에서 만족해 살 것인가. 아니면 더 선한 욕심을 내어 하나님 영역을 넓혀갈 기틀을 마련할 것인가 말이다. 물론 여러분은 후자를 선택했으면 참으로 좋겠다. 이 역시도 여러분 당신 각자 몫이다.

우리는 진정으로 세상을 지배할 꿈을 꿔야만 한다. 우리는 얼마든지 할 수가 있다.

세상엔 노력하지 않는 자와 노력하는 자로 나뉜다. 지금 상황에서 만족해하는 자, 그리고 끊임없이 각자 자리에서 리더가 되려는 자들이 있다. 이 역시도 후자를 선택하면 좋겠다.

세상은 돈으로 안 되는 게 없지만, 그래도 돈으로 안 되는 문제도 존재한다. 돈이 많다고 해서 천국에 들어갈 수 있는가. 그건 말

정신장애, 이길 수 있다

안 되는 일이다. 그러나 중요한 건 돈이 많으면 좋은 일들을 감당해낼 수 있다. 곳곳에 학교를 세우며, 배움을 받지 못하는 자에게 배움을 선물하고, 물질이 부족한 이들에게 물질을 채워주는 것이 당연한 이치이다. 설마 이런 이를 감당한다고 할 때 전능하신 하나님께서 모른 척 하실 일이 난무한다. 그러니 당당하게 하나님께서 계획하시는 프로그램에 모두 참여해 보자.

난 이렇게 하나님이 생각하시는 프로젝트를 단 하루도 생각을 안 한 적이 없다. 우리는 하나로 단결하여 우리 영역을 천국이라고 선포해 주시는 하나님을 바라볼 때라고 생각한다. 이건 바로 진리이다. 우리는 결코 하나님을 떠날 자격이 없다. 하나님 앞에 무릎 꿇고 꼬꾸라져라. 반드시 하나님께서 안아주시리라. 하나님은 우리에게 순전한 믿음을 요구하신다.

그러니 우리에게 요구하시는 일들을 각자 자리에서 감당하면 된다.

그렇게 하나님이 계획하신 프로젝트가 어려운 것은 아니다. 그러나 마음을 하나로 모을 필요가 있다. 세상은 우리 자신이 혼자 할 수 있는 게 아무것도 없다.

그러니 하나님 아버지께 능력을 구해야 한다. 지혜를 달라고 말이다. 그럼 우리는 성공으로 들어가는 문으로 들어가게 되는 것이다.

그도 그럴 것이 우리는 성공은 열망하고 있다. 성공이 아니면 아무엇도 아님을 안다. 우리가 하는 모든 일이 선한 싸움이 되길 원하신다. 어떤 어려움과 상황에도 주님은 일하신다. 우리보다 앞서 일하신다는 거다. 그러니 우리는 그분을 믿고 나아가면 된다. 세상을 지배하는 것은 우리를 도구로 사용하시는 하나님 영역임을 잊지 말자. 그래도 이해가 안 되는가. 우리는 하나님께서 만드신 작품이다.

하나님께서 사인하시지 않으면 그 무엇도 감당치 못하게 된다. 그러니 우리는 전심을 다 해 매일매일을 하나님께 기도해야만 한다. 그런데도 이해를 못하는가. 우리는 하나님 형상대로 지음을 받았다. 그러니 하나님 안에 거할 때 비로소 빛이 나는 것이다. 무조건 하나님 이름이 드러나야 한다. 여러분이 내가 이야기 한 것을 충분히 이해했으리라 믿는다.

이런 생각들을 하게 된 것은 고2 때부터였던 것 같다. 반드시 약한 자를 들어 쓰신다. 나에게 약속 말씀으로 주셨다. 그 말씀을 지금까지 잊지 않고 기억한다. 내 몸이 기억한다. 그때 감정이 고스란히 전해진다. 결코 실패할 수 없는 프로젝트를 허락하셨다. 뒤에 가면 프로젝트가 어떤 것인지 더욱 자세히 알려주겠다. 방법은 간단하다.

그 누구도 실행할 수 있도록 설명하겠다. 그것들을 하나님 안에서 잘 이행한다면 성공하리라 믿는다. 우리 모두 마음을 같이하면 성공한다고 했다. 이 말을 잊지 말자. 그 누구 말도 믿지 말자! 여러분이 내가 하는 말을 믿어주지 않을 수도 있다. 그래도 난 마음 아파하지 않는다.

이 프로젝트는 반드시 이루어지게 된다. 이것은 시간문제이다. 10년 후가 될지 20년 후, 아니 100년 후가 될지는 여러분의 선택에 달려있다. 물론 시간이 오래 걸리면 걸릴수록 완벽에 가까운 프로젝트가 된다. 그러니 조급해하지 않았으면 하는 바람이다. 우리가 어떻게 마음을 합일하는 게 중요하다.

우리는 수많은 분열을 경험하게 된다. 이게 바로 실패다. 그러나 '실패는 성공의 어머니'라는 의미를 되새기길 바란다.

3장

독서가 인생을
말해 준다

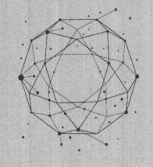

독서가 사람을 살린다

독서는 사람에게 완성된 사람을 만들어준다. 그런 면에서 완벽한 자기 계발이다.

독서를 통해 우리는 완벽한 공부가 가능하다. 정신질환으로 인해 많은 아픔을 겪어야 했다. 그러나 난 그것을 불행이라고 생각지 않았다. 내 마음 가득히 독서 열망으로 가득 차 있다.

독서를 할 때가 가장 행복하다. 진정으로 카타르시스를 느낀다. 그러다 보니 책을 하루도 안 읽으면 오히려 병이 날 것 같다. 어떻게 보면 독서 중독인 셈이다. 또 달리 생각하면 활자 중독증일지도 모른다. 이렇게 난 독서를 사랑한다. 유년 시절부터 독서 인생이 시작됐다. 그때는 위인전을 읽는 게 유행처럼 돼 있었다.

어머니께서 무리하게 책을 전집으로 사주신 거다. 어린 나이에도 감사하고, 미안했다. 이렇게 무리를 해서 책을 사주셨던 이유는 뭘까? 단지 내가 공부를 잘하라고만은 아닐 것이다. 어떻게든 책을 읽고 똑똑한 삶을 살라고 어머니께서 주신 최고 선물이었다. 그렇게 난 위인전을 재밌게 읽었다. 문제는 거기서 독서가 끊겼다.

나에게 정신적인 아픔이 찾아온 것이다. 그러다 보니 책에 신경을 쓸 여력이 되질 않았다. 마음속 깊이 독서를 열망했다. 그러나 좀처럼 책을 읽을 수가 없었다. 참으로 안타까웠다. 그때 당시 책을 꾸준히 읽었더라면 지금쯤 뭐가 되도 되지 않았을까. 아니다. 그건 아닐 것이다. 분명 지금 이렇게 나아가는 것이 정답이고 은혜이다.

지금 내가 이렇게 책을 많이 읽을 수 있었던 것은 책에 목말라 봤으니 가능한 그것으로 생각한다. 이렇게 지금 책을 읽고 쓰는 것이 참 감사한 일임에는 틀림이 없다. 독서를 통해 마음 수양을 할 수 있고, 발전적인 삶을 영위할 수 있기에 다행인 거다. 그 어떤 취미도 독서만 한 게 없을 것이다. 확신한다. 돈도 적게 들이면서 그 이상을 뽑아내는 게 바로 독서이다. 어떻게 하면, 독서를 생활화할 수 있을까. 그 방법을 논해 보자는 것이다. 독서를 생활화하는 방법은 사실 각자가 다를 것이다.

누군가는 원래부터 독서 체질화된 이들이 있는가 하면, 아무리 노력해도 안 되는 일도 있을 것이다. 사실 내 동생 록이도 책이라면 진저리를 친다. 같은 형제인데도 이렇게 독서가 되기도 하고 안 되기도 한다. 그런데도 난 포기하지 않으리라. 분명 독서를 하면

정신장애, 이길 수 있다

사람을 움직이는 것은 당연하다.

반드시 알아두자! 독서는 그 누구를 막론하고, 억지로라도 습관이 되어야만 한다. 성공으로 이끄는데 기본이 되는 것은 확실하다. 독서는 우리를 참으로 안정적으로 지켜준다. 아무리 화가 났더라도 책을 읽으면 금세 마음이 정화된다. 그러니 책은 항상 가까이해야만 한다.

독서는 자기 계발과 밀접한 관계가 있다. 책 장르를 살펴보면 먼저 수필, 자기 계발, 마케팅, 여행, 건강, 역사, 판타지 소설 등등이 있다. 처음엔 한 가지 장르에 집중하여 보길 바란다. 어느 정도 시간이 흘러 한 가지 늘려가는 방법으로 책을 체계적으로 읽었으면 한다. 먼저 수필, 자기 계발 쪽을 읽는 게 효과적이다.

나 같은 경우엔 기독교 서적부터 읽었다. 그리고 자기 계발을 거쳐 수필, 마케팅 등으로 넓혀갔다. 꼭 내 말이 정석이라는 것은 아니다. 그냥 손이 가는 책부터 부담 없이 읽으면 좋다. 내가 얘기하는 것은 자기 계발서가 가장 쉽게 읽힐 수 있다는 면에서 추천하는 거다.

책을 읽는 것은 마음을 수양하는 것이라 한다. 내가 해 보니 절실하게 느끼는 바다. 책 한 권으로 마음이 수양 된다. 아니다. 책을 딱 한 권 읽는 마음 수양이 바로 되는 것은 아니라고 생각한다. 좀 더 많은 책을 읽어야 마음이 수양 된다고 하겠다. 이것도 사람마다 차이를 보일 수 있다. 그러니 책에 습관을 들여 여러 가지 좋은 장점을 경험하길 바란다.

진정 책을 읽는 것은 마음이 정화될 수는 있을까? 당연히 가능하다. 이것 또한 어느 정도 책을 많이 읽는 것이 쌓여 어느 순간부터 찾아오는 중상이라고 생각한다. "사람이 책을 만들고, 책이 사람을 만든다." 내가 제일 사랑하는 명언이다. 책을 많이 읽으면, 어느 순간부터 나도 작가가 될 수 있을까? 하는 생각을 하게 된다.

그건 물론 가능하다. 책을 어느 정도 읽는다면, 책을 쓰고 싶은 욕심이 생기기 마련이다. 어떻게 그게 가능하냐고? 얼마든지 가능하다. 많은 책을 읽으면, 지식이 쌓이게 되고 그로 인해 지혜가 생기게 된다. 그러니 책을 쓰고 싶다고 말하게 된다는 거다. 나 자신에게 최면을 걸어라 나는 작가다. 세계 최고 인기도서 작가가 되리라고 말이다. 제발 나 자신을 과소평가하지도 말고 과대평가하지도 말라.

우리는 충분히 될 수 있다. 꼭 작가가 아니더라도 책을 읽으면 비전이 커지기 마련임을 잊지 마라. 분명히 우리는 할 수가 있고, 충분히 이뤄낼 수 있다. 내가 이렇게 무섭게 글을 쓰게 된 것은 물론 책을 읽었기에 가능한 것이다.

앞으로도 많은 책을 출판하게 될 거라고 다짐한다. 책을 통해 또 배울 수 있는 것은 저자가 행동하는 모습을 간접적으로 경험할 수

정신장애, 이길 수 있다

있다는 것이다. 우리는 책을 통해 많은 것들을 배울 수 있다. 저자 각자는 모두 능력자다. 분명히 남이 하지 못하는 일들을 감당해내고 있다. 어떤 이들은 하루하루 책 한 권을 읽어내는 이들이 실제로 존재한다는 거다. 나 같은 경우는 최고 기록이 한 달에 23권을 읽어냈다는 것이다. 지인들에게 말하면 놀라곤 한다.

그런데 이런 게 누구나 가능하다는 거다. 시간 쪼개기를 통해 책을 읽을 여유가 생긴다. 반드시 시간을 만들어내서 책을 읽었으면 한다. 김미경 강사님은 말한다. 1주에 한 권 1년이면 52권을 읽으면 성공에 이른다고 주장하신다. 정말 공감하는 말이다. 사실 많은 책을 읽는 게 중요한 게 아니라 한 권을 읽더라도 얼마나 정독하고 깊이 읽느냐에 달린 것이다. 그러나 우리는 여하튼 많은 책을 섭렵해야 한다.

도대체 그럼 책을 많이 읽는 방법은 있는 건가? 그건 각자 몫이다. 책을 읽겠다는 간절함이 생겨날 때 가능하다. 누구 옆에서 아무리 책을 읽으라고 잔소리를 해도 안 된다. 난 이미 여러 사람에게 책이 중요하고 많이 읽어야 한다고 주장을 한다. 그러나 그때뿐이지 달라지는 건 없다. 단지 스스로 깨달아 책을 읽게 되는 것이 맞다. 그래도 난 책에서 이렇게 열변을 토하며 책을 읽으라고 하는 것이다. 그만큼 진정으로 성공할 수 있는 포인트가 되기에 그렇다.

뭐든지 간절함이 묻어나야 한다. 성공하겠다는 열망과 간절함이 있어야 무엇을 해도 하게 된다. 내가 진정 책을 내서 좋은 결과를 얻으면, 그때 비로소 책을 읽을 만한 사람들이 나타나게 되지 않을까? 단 한 명이라도 내 책을 읽고 공감해서 책을 꾸준히 읽게 된다면 성공한 셈이다. 책을 읽는 게 결코 쉬운 일은 아니다.

그러나 자기 계발과 성공 방법은 이만한 게 없다. 독서가 기본이되고 기준이 된다.

이제 한국은 책 공화국이 되리라 믿는다. 책을 통해 스스로 공부하게 되는 어린 학생들이 많아질 거다. 그리고 또한 어른들도 책으로 자기 계발을 하게 되는 거다.

실로 놀라웠다. 책 소재가 어디까지 가는가. 한계가 없는 듯하다. 앞으로 책을 읽어가다 보면 반드시 결과와 열매를 보게 된다. 반드시 책을 잡는 자만이 승리에 이를 수 있다.

앞에 한 명이라도 책을 꾸준히 읽는 사람이 나왔으면 좋겠다고했다. 그건 사실 거짓말이다. 내 책을 읽고 정말 많은 이들이 책을 읽었으면 한다. 온 국민이 길거리에서 버스에서 지하철에서 책을 읽는 진풍경이 생겨났으면 좋겠다.

그러니 우리가 모두 대한민국을 책 공화국으로 만들어 갔으면한다. 바로 난, 이러한 점을 바라는 것이다. 우리나라 최소 반 이상이 책을 꾸준히 읽고, 30% 정도가 책을 썼으면 좋겠다. 그럼 반드시 선진국 반열에 오를 수 있다. 한 가지 분야가 발전하면 꼬리에

정신장애, 이길 수 있다

꼬리를 물고 성공에 이르게 된다.

우리는 반드시 책을 읽어야 살아낼 수 있는 기틀을 마련하기에 이를 수 있다.

정말 할 수 있다. 지독하게 성공에 목말라 있다면 책을 들고 읽어라. 그럼 반드시 성공문이 열린다. 우리가 모두 책을 좋아하는 날까지 난 책을 써낼 것이다. 반드시 이겨내리라. 또한 승리하리라. 어떤 순간에도 포기는 하지 마라. 포기를 하더라도 계속해서 시도해라. 그럼 당장 실패는 아니고, 언젠가는 이루게 되는 성공의 삶이 된다.

진정 독서는 사람을 살린다. 이 말은 진리이다. 병도 고칠 수 있고, 마음을 정화하며, 성공에 이를 수 있다는데 이것을 포기하고 말 것인가. 아니다. 우리는 필수로 책을 읽어야만 한다. 바로 이것이 내게 주어지니 선물이고 축복이다.

하나님은 '성경'이란 걸 선물로 주셨다. 이 성경을 읽는 자마다 복을 주신다고 했다. 우리 모두 기본이 되는 성경부터 가까이하자. 사실 성경은 어려운 책이다. 나도 성경을 8번 정도 통독을 했지만, 아직도 감이 잡히질 않는다. 그래도 성경 말씀은 평생 함께해야 한다. '독서가 사람을 살린다'라는 진실을 공감해 줬으면 한다.

강한 긍정의 힘

어떤 면에서 난 참으로 긍정적인 사람이다. 누가 그랬다. 내가 합리화 귀재라고 말이다. 나도 이 말에 반은 동감을 한다. 그 사람은 나에게 부정적으로 표현했다.

내가 좀 더 많은 이들을 긍정으로 끌어내는 삶을 살아내고 싶다. 나는 화도 잘 내고, 풀어지기도 잘하는 긍정적인 사람이다.

책을 많이 읽어서일까. 생각이 좀 바른 사람이라 표현하고 싶다. 앞으로 이름을 날리게 된다면, 더 많이 낮아지고 겸손한 사람으로 변화해 갔으면 한다. 뭐든지 긍정적인 사고를 세상을 바라보면, 반드시 내가 꿈꾸는 세상과 마주할 날이 오게 됨을 믿는다. 누군가가 말한다. "홍규 씨는 참 긍정적인 사람이네요" 하면 참 감사하다.

사실 난 긍정적인 면만 잘 부각이 되었다. 그리고 난 부정적인 면도 있고, 불평도 많은 사람이다. 그러나 나도 이왕이면, 긍정적인 사람이 되고 싶다. 정신적으로 아픈 사람이다 보니 나 자신이

정신장애, 이길 수 있다

견디지 못하는 상황도 도래한다. 그래도 이겨내려고 노력을 한다. 난 항상 무슨 문제가 생기면, 어머니와 상담을 많이 한다. 어머니는 항상 나에게 바른말만 하신다. 어떨 땐 화가 나기도 한다. 그래도 어머니는 늘 본보기가 되어주시고, 용기를 주시는 분이다.

이렇게 내가 긍정적인 마음으로 바뀌게 된 동기는 바로 독서이다.

독서가 주는 긍정은 말할 나위 없다. 긍정적인 면이 있다는 것은 바로 삶을 참 바르게 살아간다는 거다. 어떤 일에도 화를 내지 않고 견디면, 반드시 사람들과 좋은 유대관계를 유지할 수 있다. 또한 화를 낼 일을 그 순간 참았다가 얘기를 한다면 긍정적으로 해결이 된다. 그리고 어떨 땐 바로 화를 내고 싸우기도 한다. 그런 후 먼저 미안하다고 사과를 하면 이전보다 좋은 관계를 유지할 수 있다. 먼저 화해 손길을 내밀면, 나 자신이 이기는 거라고 삶 속에서 배웠다. 배웠기에 써먹었을 뿐인데 정말 좋은 관계로 발전하기에 이른다.

나는 화가 날 때면, 책을 집어 든다. 그럼 이상하게도 잘 풀어진다. 내 마음이 평안해짐을 느낀다. 그렇다면 분명히 책은 마음을 치유하는 명약이 아닐까. 그럼 반드시 책을 읽어야 하지 않을까. 난 사실 중고 책을 너무 싫어한다. 새 책을 쥐고 읽는 것이 정서적으로도 더 낫다. 그리고 새 책 냄새까지도 좋다. 그래서 난 중고 책을 거의 사 보질 않았다. 어떻게든 책을 온라인서점 예스24를 통해 주문해서 보고 있다. 이벤트도 많이 하고 포인트도 많이 주는 듯하다.

그냥 예스24가 내게는 주문도 간단하고 편하다. 책을 많이 사다 보니 골드회원이 되었다. 앞으로 플래티넘 회원이 되는 게 목표다. 이렇게 책이 쌓이는 것을 보면 마음이 평안해진다.

나 같은 경우엔 책에 밑줄을 긋거나 낙서를 하지 않는다. 언젠가 내가 이 책을 모두 기증하게 되는 날을 기대한다. 내 머릿속이 도서관을 만들어 버리고 싶다. 그게 가능할까. 죽기 전까지 도전할 것이다. 다시 긍정으로 돌아가자. 긍정은 나를 변화시킨다. 지금도 심리조절하기가 힘들 때가 있다. 그러나 점점 더 나아지고 있음을 느낀다.

정신장애를 이기기 위해서는 긍정으로 살아내야 한다.

그렇게 주문한다. 정말 하나님께서 나에게 능력을 주셨으면 한다.

좀 더 체력적으로도 건강한 몸이 되었으면 하고, 또한 정신적으로도 강한 사람이 되고 싶다.

하나님께서 주시는 건강한 삶을 누리고 싶은 거다. 분명히 아픈 허리도 나을 거고, 척추도 바르게 펴지게 됨을 믿는다. 그러니 모든 일이 척척 잘되고 있다. 바로 난 30년이 넘도록 아파져 온 허리 통증과 이별준비를 하고 있다. 그리고 정신장애도 극복해내리라 믿는다. 이제 약을 먹지 않고도 정상적으로 살아내는 방법을 찾아

정신장애, 이길 수 있다

야만 한다. 지금도 잘 견뎌내고 있다. 반드시 노력해서 뜻을 이루리라. 난 정신장애를 극복하고 말 것이다. 약을 끊는다는 것은 참으로 어려울 수 있다. 그러나 언젠가는 그마저도 끊어내리라.

의술이 발달하면서 최소한으로 약을 먹어도 되는 일들이 분명히 만들어지리라 생각한다. 진정으로 정신질환과 허리통증에서 벗어나고 싶다. 여러분들이 나를 위해 기도해 주었으면 좋겠다. 어떤 경우에든 내가 제일 아프지 않은가. 생각할 때도 있었다. 그러나 나보다 더 힘든 삶을 살아가는 이들이 많다. 그런 이들을 위해 힘쓰는 사람이 되고 싶다. 내가 경험한 아픔을 공유하고 해결점을 찾아내는 역할을 하고 싶다. 강한 긍정으로 세상을 정복하는 여러분이 되길….

독서를 통해 자존감을 회복하다

자존감이란 무엇인가부터 짚고 넘어가 보자. 네이버 국어사전을 보면 자존감이란 '스스로 품위를 지키고 자기를 존중하는 마음'이라고 한다. 그럼 자존감은 어디에서 오는가. 나는 한 가지 방법을 안다. 답은 독서에 있다.

반드시 이겨낼 수 있다. 자존감은 나를 존중해 주고 사랑해 주는 데 있다. 독서를 하면 아는 게 많아지고 말할 수 없는 자신감으로 가득하게 되어 있다. 그 사람 다음으로 자존감이 회복된다.

나 자신이 스스로 자존감이 없다고 말하고 있는가. 그럼 책을 읽어보라. 어느 순간 거짓말처럼 자존감이 형성되어 있을 나 자신을 발견하게 된다. 구체적으로 어떻게 하면 자존감이 회복될 수 있는가. 바로 답은 여러분이 찾으면 된다. 나도 많은 독서를 통해 자존감이 형성되었다고 말할 수 있다.

그럼 그대로 실천해 보라. 반드시 답이 나오게 된다. 그러나 자존

정신장애, 이길 수 있다

감이 너무 높다고 좋은 것은 아닌 것 같다. 나 자신이 자존감이 높다고 했지만, 너무 심하게 자존감만 높아지면 교만해질 수도 있는 상황이 찾아온다. 뭐든지 적당해야 한다는 생각이 든다. 우리가 모두 자존감과 자신감을 회복하여 많은 일을 감당해내는 나 자신을 발견했으면 좋겠다. 이왕이면 멀티플레이어가 되었으면 좋겠다.

그럼 반드시 내게 오는 말할 수 없는 자신감으로 똘똘 뭉쳐지게 된다. 이 세상에는 나 자신을 사랑하고 존중하는 이들이 많다. 그러나 이것을 회복하지 못한 채 세상을 떠나는 경우도 흔치 않다. 그럼 어떻게 하면 이런 이로운 감정들을 회복하고 살 수 있던 말인가. 의문이 드는 대목이다. 애초부터 부모님으로부터 이런 감정들을 물려받은 사람들은 평생을 안전하게 살아가는 원동력이 된다.

그러나 부모님도 없고, 이런 감정을 안고 살지 못한 이들은 한평생을 불안으로 살게 될지도 모른다. 나 같은 경우는 부모님이 계시기는 했지만, 그리고 부모님께 그런 감정들을 물려받지 못한 경우다. 우리 부모님은 배움도 짧았고, 가진 게 별로 없다 보니 부모님 성격 자체가 건강하지 못했다.

그러나 가족을 살리겠다는 신념으로 살아오신 부모님이다. 그렇기에 너무도 감사하다. 사실 난 이 세상에 태어나지 못했을 운명이었다. 그러나 어머니께서 뜨거운 모성애로 나를 살리셨다. 그런 내가 이렇게 평생을 정신장애와 싸워야 했던 서나. 그러니 일마나 불행으로 살아온 나였을까. 그래도 그런 아픔을 딛고 승리하는 세상을 살아내고 있는 거다. 앞으로도 부모님께 효도하는 인생을 살고 싶다.

또한, 하나뿐인 내 동생 록이에게도 고마움을 전한다. 늘 형을 응원해 줬던 록이. 말이라도 긍정적으로 해 줬던 우리 동생. 잘 살아내 줘서 고맙다.

세상을 살아내기가 버거웠던 삶, 이제는 자존감으로 이겨내고 있다. 자존감과 자신감은 그냥 주어지는 게 아니다. 그만큼 노력하는 자에게 주어지는 선물임을 잊지 말자. 어떤 경우도 그냥 되는 게 없다. 넘어지고 또 넘어지는 경험으로 얻어지는 게 자존감이고 자신감이다.

그러니 여러분도 고난을 고통으로 받아들이지 말고, 꺼져 주어지는 선물로 생각해라.

특별하게도 우리는 모두에게 공평함이 주어졌다. 많은 것을 두고 사람은 더 많은 것을 가져도 감사함을 덜 느낄 것이다. 또한, 가진 것 없이 태어난 사람은 조금만 주어져도 더 감사하게 살게 되는 세상 이치가 있다. 나 같은 경우엔 후자이다. 좀 더 많은 것을 바라는 게 사람들이 갖는 욕심이다. 사람들은 욕심이 끝이 없는 듯하다.

그러니 주님께서 주시는 것들에 대해 감사하지 못하는 것들이 어찌 보면 당연한 듯 보인다. 어떤 삶이든 중요하다. 자존감을 평균치로 끌어올릴 필요가 있다. 사실 자존감도 일정 수준을 넘으면 병이 될 수 있다. 그러나 낮은 것보다는 조금 높은 게 좋을 듯하다. 그러니 모두 자존감을 위해 힘을 썼으면 한다.

반드시 유익이 된다. 바로 세상을 살아가는 데 이득이 된다. 진정 자존감은 우리 감정에 필요한 요소임에는 틀림없다.

그러니 어떤 경우에도 자존감이 떨어지지 않도록 적정수준을 유지해야만 한다. 절대 부정적인 말과 부정적인 행동을 하지 말라. 그렇게 되면 또다시 자존감은 곤두박질을 친다. 그렇게 악한 생각들을 잠재우려면 좋은 말을 머릿속으로 가슴으로 채워야 한다. 바로 이것은 내 경험으로 이렇게 말할 수 있게 된 것이다.

나 자신도 놀라고 있다. 이런 말을 타자하고 있다는 것에 경이롭다. 내가 나 자신을 칭찬하는 것도 자존감을 높이는 결과이다. 자존감을 높이는 방법은 많다. 그러니 어렵다 생각지 말고 도전해 보라. 우리는 노력하면 할수록 세상과 싸워 승리하는 방법을 터득하게 된다.

우리가 진정으로 바라는 게 뭔가. 정말 부자가 되고, 성공하는 게 아닌가.

그렇다면 실천해 보자. 자존감을 높이는 것만으로도 세상을 이기는 힘이 되니까 말이다. 우린 결코 혼자 힘으로는 이러한 깃들을 해낼 수가 없다. 반드시 함께 어우러져야 한다. 자존감 회복도 나 혼자 되는 것은 아니다. 책을 읽었다면, 그 내용을 가지고 누군가와 끊임없이 대화를 나누어야 한다. 그런 후 생각들을 정리하고 글로 표현해야 한다.

이러한 작업이 쉬운 것만은 아닐 터이다. 그렇게도 자존감을 터득하려면 그 많은 대가가 필요하다. 진정으로 꿈을 꾸라. 그러면 자존감이 저절로 올라가게 된다. 이 원리는 모두 책에서 말해 주고 있다. 모두가 부자가 되는 것은 아주 힘들다. 앞으로 가면 갈수록 계급사회는 더욱 심화할 것이다.

상위 1%에 도전하자. 그게 아니면, 하위 1%가 된다고 생각해 보라. 그럼 얼마든지 답이 나온다. 1등 아니면 꼴등이 되는 세상이다. 정말 빈부격차가 엄청나게 벌어질 것으로 생각이 된다. 중산층이 사라진다는 거다. 이건 정말 생각만 해도 무서운 일이다. 지금이라도 늦지 않았다. 지금 바로 책을 찾고 구매를 하고, 읽어라.

그러면 더 나은 삶을 살게 될 것이다. 앞으로 우리는 무한한 경쟁 속에서 살아남아야 하는 운명에 놓여 있다. 어떤 삶이든 축복받은 인생이다. 그러나 다가올 미래에는 극명하게 갈리게 된다. 내게 맞는 일을 적확하게 찾아내야 하는 갈림길에 서 있다.

어떤 일이든 도전해 보고 찾아내 보자. 우리가 모두 함께 의견을 나눈다면 최적으로 조건들을 맞추고 찾아낼 수 있으리라고 본다.

정신장애, 이길 수 있다

우리가 시작하지 못해 못하는 것이지, 시작만 한다면 서광이 비치게 될 것이다. 성공을 위해서 도전하는 것은 아름답다. 실패하더라도 시작해라. 그럼 그에 따른 결과가 나온다. 중간에 포기한들 한 가지라도 습득하고 가졌다면 성공한 것으로 보아야 한다.

새로운 것들을 찾아보라. 분명히 살아남을 조건이 숨어 있음을 알게 된다.

이렇게 수많은 것들을 집약하여 책에 담기란 너무나 벅차다. 그런데도 내가 열정으로 책을 쓰는 것은 여러분들을 사랑하기 때문이다. 생각하는 작업은 사랑이다. 그러니 책을 쓰는 내가 바로 사랑을 실천하고 있다고 해도 과언은 아니다. 우리는 결코 생각이란 걸 다시 말해 사색을 즐겨야 살아낼 수 있는 존재이다. 그러니 끊임없이 생각하고 독서에 빠져보라. 그럼 반드시 성공으로 돌아오게 된다.

어떤 것이든지 집중하면 결과와 열매를 맺게 된다. 과정도 중요하다. 중간에 과정이 빠진다면 핵심을 잃게 된다. 우리는 너무나 힘든 시기를 보내고 있다. 코로나19로 인해 우리는 너무나 큰 스트레스와 고통을 받고 있다. 그럼 이 코로나19도 어떻게 하면 이겨낼 수 있을까.

그 방법은 책이 말해 준다. 그러니 책에서 정답을 찾으면 된다. 나도 할 수 있고, 여러분늘도 가능하나. 그러니 안심하고 도전에도 좋다. 지금 하는 일이 지루하고 따분한가. 그래도 최선을 다해 버 텨보자. 어떻게든 결론이 날 것이다. 지금은 월급쟁이가 제일 편하 다고들 한다. 최저임금이라도 받는 게 얼마나 감사한지 모른다.

모든 국민이 잘되는 세상을 우리 함께 만들어가 보자. 길은 무 조건 있고 방법은 무한대로 존재한다. 나도 구체적인 방안을 더 모 색해 보겠다. 준비하는 자만이 미래를 집어삼킬 수 있다.세상에 리 더로 발돋움하는 날을 기대하며 나아가자.

정신장애, 이길 수 있다

독서는 내게 카타르시스다

　독서가 주는 이로움은 정말 많다. 마음을 정화하는 기능과 함께 기분을 높이는 데 탁월한 효과를 보인다. 나 자신이 증명한다. 책을 읽으면서 마음을 다지고 중심을 잡아내고 있다. 음악을 들으며 책을 읽는 것은 더 효과적이다. "아니 음악을 들으면서 책이 눈에 들어오나?" 하는 반문을 할지도 모른다. 내가 경험한 바로는 그렇다.

　그래서 난 끊임없는 독서로 날마다 승리하고 있다. 어떤 경우든지 책은 말해 준다. 내가 궁금해하던 질문을 던졌을 때 그대로 답을 해 주는 기능을 한다. 그래서인지 난 책이 좋다. 책을 통해 사람들이 생각해내고 궁금한 것들을 풀어가는 점이 내겐 행복이다. 그토록 태어나면서 책을 좋아하는 정적인 사람이었기에 가능할지 모른다. 그러나 누구나 훈련으로 인해 독서에 가까워지며 아름다운 생활이 가능하다.

독서가 주는 교훈은 다양하다. 어떨 때는 웃기도 하고 또 어떨 때는 울기도 하면서 스트레스를 날려버릴 수 있다는 게 독서에 있다. 책을 읽으면 화를 가라앉히는 효과도 얻을 수가 있다. 이렇듯 독서에는 많은 가능성이 있으며, 앞으로도 개척해내야 할 요소들이 아주 많다. 독서를 통해 모든 것을 알아버렸다 해도 과언이 아니다. "이제 다 알았으니 그만 읽어도 되겠네?" 이렇게 질문하는 이들도 있을 것 같다.

그런데도 끝도 없는 요소들이 다시금 출판되어 쏟아져 나오고 있다. 앞으로도 난 책을 손에서 놓치지 않겠다. 숨을 쉬고 있는 한 이러한 작업을 끝까지 도전할 것이다. 내겐 두려움을 내버리는 데 독서만 한 게 없다고 생각한다. 내가 독서에 미치기까지가 쉬웠다고 할 수도 있다. 그러나 나 자신도 고도정인 훈련이 있었다. 몸이 상할 정도로 책을 읽은 적도 있다. 원인을 알 수 없는 어지럼증으로 인해 병원 응급실을 찾은 적도 있다.

그래도 슬기롭게 잘 이겨냈다. 지금은 더 발전하여 책 3권쯤은 번갈아가며 읽기도 한다. 그런데도 내용이 이해된다. 사실 20대부터 다시 독서를 시작할 때는 책에서 단, 10%도 이해가 안 갈 때도 있었다. 그럼 이쯤에서 포기할 만도 했다. 그러나 난 달랐다. 더 열심히 책을 읽었다.

왜 책을 제대로 읽으면 꼭 성공에 이를 수 있다는 확신이 있었기

정신장애, 이길 수 있다

때문이다.

내게 책은 하나님이 주신 선물이다. 비록 성경 말씀을 모두 이해할 수 없기에 등한시하고 있지만, 이제 반대로 성경 말씀을 읽게 하실 때가 오리라 믿는다.

결코 책을 읽는 습관을 들이는 것 너무나 어렵다. 그러나 이런 행동들이 쉬운 이들도 있으리라 믿는다. 그러나 중요한 건 그렇게 책을 읽는 게 쉽다고 하면서도 그렇게 열정적으로 읽는 사람도 드물다는 거다. 분명히 책을 온 국민이 읽는다면 우리나라가 선진국으로 나아가게 되리라고 확신을 했다. 이건 분명히 내가 생각한 지론이다.

우리는 모두 책을 읽을 기회가 많다. 도서관에서 무료로 빌려서 책을 읽을 수 있다. 요즘은 코로나로 인해 이것마저 쉽지만은 않다. 그래서 등장한 것이 이동도서관이 생기고, 지하철역 안에 기계 도서관이 설치되어 많은 이들에게 독서를 장려하고 있다. 이런 상황을 보아도 알 수 있지 않은가. 이토록 독서를 정부에서 권장하는 것은 그만큼 이득이 있다는 것이다.

사실 책을 읽으면 좋다는 것은 누구나 잘 안다. 그러나 실천하지 못함은 각자에게 문제가 있다. 이렇게 책은 하루에도 수십 권이 쏟아져 나오고 있는데 정작 독자들이 외면하고 있다는 거다. 어떻게 하면 책과 함께할 수 있는지 의문이 들기 마련이다. 책을 외면하지 말아줬으면 한다. 오늘도 각자가 책을 정성 들여 써내고 있지 않은가. 그들을 제발 외면하지 말아 주길 바란다.

책에서 나오는 에너지는 무궁무진하다. 제대로 책을 읽으면 저자가 주는 에너지를 그대로 느끼고 받아들일 수 있다. 책을 한 권 골라서 읽어보라. 후회하지 않을 책들을 잘 선별해 읽어보자. 누구도 축복받을 인생이다. 처음부터 불행한 삶이었지만, 나 자신이 얼마든지 미래를 바꿀 수가 있다.

우리가 하루 중 시간을 헛되이 보내면 안 된다. 그러니 우리는 반드시 시간을 쪼개어 책을 읽을 필요가 있는 거다. 단 5분을 활용해 한 페이지, 한 페이지 정독하다 보면, 반드시 내게 피가 되고 살이 되어 날아온다. 물론 부자를 이용하여 사는 것도 멀지 않은 얘기다.

누가 알겠는가. 정신장애로 평생을 살아온 나지만, 책을 내서 성공한다면, 내 인생은 하나님께서 계획 속에 있었다는 걸 증명하게 된다는 거다. 왜냐하면, 분명히 성경 말씀에서도 말이 씨가 된다 했다. 난 이 책 곳곳에 꿈을 말하고 있다. 난 확신한다. 어떻게든 인기도서 작가가 된다고 말이다. 여러분이 제발 도와줬으면 좋겠다. 내 안에는 성공 욕심이 대단히 크다. 사실 이렇게 기회가 왔을 때 잡아야 한다. 여러분도 얼마든지 책을 낼 수 있는 여건이 마련되고 있다. 일단 책을 읽고 책을 써 보라. 그럼 감이 온다. 얼마나

정신장애, 이길 수 있다

내가 더 노력해야 하는지 말이다.

순간순간 포기할까도 생각을 해 본다. 그래도 마음을 다잡고 책을 써낸다. 이게 내가 바라는 소망이고 프로젝트이다. 내 이름을 걸고 도전하는 것이다. 내가 가지고 있는 능력은 아주 미비하지만, 그만큼 도전하는 자에게 선물을 준다.

그것을 위해 오늘도 난 전력으로 질주하고 있는 것이다. 앞으로 끊임없이 책 얘기를 할 것이다. 이렇게 하면 뭐가 달라질 수 있을는지는 3년 후를 보자. 난 미친 듯이 책을 써낼 것이다. 이렇게 하면 3개월에 한 번씩도 책을 쓸 수 있겠다고 하는 생각이 든다. 책 소재가 마르지 않는 한 계속해서 이어지리라 믿는다.

인생은 내가 만들어 간다. 물론 하나님께서 오케이 사인이 나아야 한다. 난 이렇게 생각을 한다. 먼저 내가 도전해 보고 행동으로 옮겨보는 것이다. 그럼 내가 옳은 일을 하고 있다면, 하나님은 내 걸음을 인도해 주시리라는 확실한 믿음이 있다.

나도 이렇게 모험을 걸어본다. 처음에는 알아주지 않을지라도 난 끝까지 감당해낼 자신이 있다. 어떻게든 나를 쳐서 하나님께 복종하는 삶을 살고 싶다. 그럼 하나님도 감동하시리라 믿는다. 온 정성을 쏟아내 책을 쓰고 있다. 이렇게 처절하게 몸부림을 치고 있다. 정말 온 힘을 다해 이루고 싶은 거다. 그만큼 책을 사랑한다. 그럼 번듯하게 내 이름이 들어간 책을 내고 싶지 않겠는가. 다시 한번 말하지만, 책은 선택이 아닌 필수이다. 책을 사랑하면, 어떤 상황이 펼쳐질지 마음속 깊이 생각해 보라.

내가 책을 읽고 있는 상상을 해 보라. 생각만 해도 행복하지 않겠는가.

바로 우리는 이 세상에 태어나면서 항상 우리를 책이 따라다닌다. 우선 태어나기 이전부터 부모님께서 책을 읽어주신다. 이것이 바로 태교가 아니던가. 우리는 태어나기 전부터 책을 접하게 된다. 그럼 이렇게 책이 중요하다는 게 증명되지 않았는가.

우리가 자라나면서 많은 책을 접하게 된다. 어릴 적부터 동화책, 그리고 교과서에 문제집, 참고서 등을 본다. 또 하나 중요한 건 2021학년도 수능에서 만점을 맞았다는 인터뷰를 보았는데 이렇다.

학교에 1시간씩 먼저 등교해서 일반 서적들을 닥치는 대로 읽었다고 한다. 그 학생이 수능을 만점 받을 수 있었던 비결은 바로 독서에 있었다. 이렇게 독서가 인생에서 크나큰 답으로 다가선다면, 지금 우리가 넋 놓고 TV 앞에 앉아 있으면 안 되는 거다.

내게, 있는 모든 것을 다해, 정성을 다해서 책을 보라. 그러면 내가 나아갈 길이 보인다. 미래를 개척하기 위해서 먼저 성공한 이들의 방법을 미리 공부하는 것과 같다.

분명히 우리는 인생이 갈리게 된다. 책을 읽는 사람과 책을 읽지 않는 사람이다.

무섭지 않은가. 책을 읽지 않으면 하위 1% 인생을 살아갈지도

정신장애, 이길 수 있다

모른다. 앞으로 미래는 책을 통해서 운명이 갈리게 된다. 미래를 준비하자고 한다면 먼저 책을 들어라. 그럼 반드시 성공하는 인생을 잡게 된다.

그러니 제발 곳곳에 있는 책을 외면하지 말라. 책은 돈을 지불하고 사는 게 맞다. 이렇게 난 거저 주어지는 삶이 아니다. 책에 투자한 돈도 어마어마하지 않을까.

평균적으로 주 3권 정도 책을 사는데 말이다.

이렇게 열변을 토해서 책을 읽으라고 강조하는 이유는 뭘까. 고민하자.

여기서 말하고자 했던 말은 이거다. '독서는 나에게 카타르시스'라는 거다. 이것이 누구나 하는 말이 되었으면 하고 진심으로 바란다.

독서 세계로 빠져들다

내가 본격적으로 책을 읽기 시작한 계기가 있다.

20대 초반 내가 짝사랑한 J 누나로부터 책 한 권을 추천받았다. 이지선 작가의 『지선아 사랑해』라는 책이었다. 처음부터 끝까지, 하루 만에 읽었던 것으로 기억한다. 거의 전신화상으로 인해 참 어려운 상황이었음에도 잘 견뎌내서 살아간다는 내용이었다. 참 마음이 아팠다.

내가 겪은 고통은 아무것도 아니었다. 정말 내가 경험한 어려움은 별로 힘든 상황이 아님을 깨닫게 되었다. 정말 감동이었던 것은 그렇게 심한 장애를 입고서도 사회복지사로서 길을 걸어간다는 것이 너무나 아름다운 인생이 아니던가. 이지선 작가를 통해 나도 자연스럽게 사회복지학을 전공했는지도 모르겠다.

사람 인생은 어떻게 될지도 아무도 모른다. 지금 당장 내가 어떻게 사고가 나 모든 것 잃을 수 있다. 그런데도 우리는 최선을 다해 살아내야 한다. 여하튼 난 J 누나에게 큰 선물을 받은 거나 다름이 없다. J 누나를 통해 책도 읽게 되었고, 사회복지학을 전공할 수 있었으니까. 참으로 감사할 뿐이다.

그 책을 통해 난 자신감을 얻었다. 그때부터 책을 자주 읽게 되었고, 많은 시간을 내서 책 읽기에 열중할 수 있었다. 처음에는 어떤 책도 쉬운 책은 없었다. 10% 또는 20% 정도밖에 이해할 수 없었다. 그래도 난 책을 읽어야만 했다. 책을 읽어야 성공에 이를 수 있다는 얘기를 들었기에 멈출 수가 없었던 거다. 척척 한 권씩을 읽어내는 재미가 대단했다. 나 자신이 그렇게도 책을 읽고 자존감을 회복하였다. 세상을 이겨낼 뭔가가 내 안에서 꿈틀대기 시작했다.

그렇기에 독서를 멈추지 않고 지금까지 계속될 수 있었다. 그렇게 20~30대를 보내고 있었다. 이젠 40대 아저씨로 살아가는 나는 참 세상을 기대한다. 호락호락 내 마음대로 세상이 돌아가진 않을 것이다. 그러나 난 믿음이 있다. 앞으로 많은 사람을 만나게 될 수 있을 거라 예상을 한다. 간접적이지만 많은 작가를 만나고 있다. 이것만으로도 만족할 일이고 감사할 일이다.

코로나로 인해 사람을 만나는 것에 조심스럽기만 하다. 그래도 어떤 방법을 찾아 만나게 되리라 믿는다. 요즘엔 화상회의라는 것도 있다. 참 다행이고 신기한 것은 코로나가 오기 진 그런 '화상회의'라는 시스템이 갖춰져 있었다는 것이다. 나는 독서를 통해 많은 이들을 간접적으로 만나는 것이 익숙해졌다. 그래서 외롭지 않다. 앞으론 직접적인 만남이 기다리고 있다.

이제 날개를 달고 나갈 거다. 지금까지 뛰지도 못하고, 엄청나게 조심하며 살아왔다. 그러나 이제는 달라져야지 않겠어. 이제 뛰어다닐 거고, 세상을 향해 외칠 거다. 난 그 누구보다도 건강하다고 말이야. 내 몸은 지금 건강해지고 있다. 그걸 느끼고 있다. 날씬한 몸매를 만들 거다. 걷기와 탁구를 통한 운동도 꾸준히 해야 한다. 그래서 난 행복해질 테다. 정말 대단한 승리욕을 걸고 나갈 것이다. 지금까지는 허리통증으로 인해서 아무것도 못 하는 상황이었다. 그러나 앞으로는 다르다. 뭔가를 즐기고, 뭔가를 경험하는 데 있어 아주 유익한 삶을 살아낼 것이다.

독서를 통해 내가 얻은 것은 한계를 뛰어넘어야 한다는 거다. 무엇이든 미쳐서 하지 않으면 아무것도 이룰 수가 없음을 깨달았다. 그래서 난 이제부터 신중하게 생각을 하고, 도전에 임할 것이다. 이제 허튼 말을 안 하리라 다짐한다. 어떤 길이든 마지막까지 걸어가고 뛰어가서 정복을 이뤄낼 거다. 난 할 수 있다. 정말 지독한 노력형으로 인정받을 날을 기대한다. 지금은 뭐 하나 이룬 것이 없어 보인다.

그러나 내 안에 준비되고 꿈틀대는 여러 가지 무기를 일시에 뿌

정신장애, 이길 수 있다

릴 날을 기대하며 나아간다. 이렇게 나는 해내고 말 것이다. 지금까지는 정말 기대할 것 없는 인생이었지만, 앞으로는 그 누구도 기대할 만한 인생으로 바뀌게 된다. 인생 2막이 시작된다. 지금 상황에 어느 정도는 만족하지만, 아니 난 갈 길이 멀다.

나에겐 만족이란 없다. 그렇게도 욕심이 많은 아이다. 아직도 아이라고 표현하는 것은 아직 심적으로는 성인답지 못하다는 말이다. 부족함이 많다는 아이라는 거다. 그렇기에 난 오늘도 성인이 되어가는 나를 기뻐하는 마음을 느낀다. 아직 아이처럼 순수하기도 하다는 얘기다.

마음이 아직 아이와 같으니 장가도 못 가고 이렇게 사는지도 모르겠다.

그럼 내가 지금부터 결혼이란 걸 꿈꾸며 도전하려고 한다.

책 얘기를 해야 하는데 엉뚱한 얘기를 하고 있다. 독서는 당신 삶을 송두리째 바꿀 수도 있다. 책을 읽기만 한다고, 성공한다는 건 아니다.

얼마나 좋은 양서를 읽느냐에 따라 인생이 갈리게 된다. 그 어떤 경우도 100%는 없다는 얘기다. 그럼 어떤 것이 양서인가는 나도 잘 모르겠다. 그냥 난 하나님께 맡긴다. 그럼 그때그때 맞는 책을 한 권씩 날려 보내주신다. 그럼 난 충실히 읽기만 하는 거다. 그저 하나님께 순종한다는 것이다.

늘 난 즉흥적으로 살아가는 게 특기다. 귀가 얇다는 소리도 수없이 들었다. 그래서인지 사기도 많이 당하고 그런 적들이 아주 많다는 것이다. 그래도 내가 포기하지 않는 것은 책 때문이다. 꾸준히 책을 읽으니 긍정적인 생각이 함께한다는 삶이다.

어찌 보면 나는 너무 생각이 없는 듯하다. 인터넷이나 책을 통해 정보를 얻는데, 뭔가 좋다고 하면 뒤도 보지 않고 바로 구매 결정을 해버린다. 그런데 사실 그런 행동이 나쁘지만은 않다. 내 성격을 살펴보면, 너무나 급하다. 생각 없이 결정하는 게 특기라고 할까. 난 그렇게만 생각하지 않는다.

너무 생각과 고민하지만, 때를 놓치게 되는 수도 있다는 것을 알아야 한다. 난 뭐든지 빨리 처리하고, 생각하는 데 익숙해져 있는 사람이다. 그렇기에 난 적어도 실패보다 이득이 많다고 생각한다. 사실대로 얘기하자면 실패가 많은 것 같다. 그래도 나는 선택 장애라는 이야기는 듣고 싶지 않다. 어떤 경우에도 발이 빠른 행동을 내세워 무기로 만들어 낼 거다. 이렇게 급한 내 태도를 난 좋아한다.

어떤 이는 한 가지 고민하고 며칠씩 고민하는 걸 자주 보게 된다. 참으로 안타깝다. 난 그 며칠 동안 몇 가지도 실천을 하겠다고 생각을 하기에 참 그런 사람들을 보면 참으로 아쉽기만 하다. 일을 처리할 때 신속 정확한 행동과 신념이 필요하다. 지금 당장 결정하

정신장애, 이길 수 있다

지 않으면 안 되는 일을 끌어안고 고민으로만 가지고 있으면 해결점을 찾지 못하게 된다.

그러니 우리는 고민만으로 그치지 말고, 신속한 결정으로 득을 보게끔 하는 훈련을 해야 한다. 그렇다 우리는 반드시 민첩한 행동이 필요하다. 정말 그렇다. 성격 급한 사람이 느긋한 사람보다는 인생을 성공으로 이끄는 데 더 유리하다. 우리는 모두 안정적인 삶을 살기를 원한다. 그런데 성공을 위해 한 번 선택보다 열 번 선택을 처리하게 더 가능성이 높지 않겠는가.

난 어릴 적부터 내가 하고자 하는 것은 끝까지 어머니를 설득해 얻어냈다.

누구든 뭔가를 갖고 싶으면 떼를 쓴다. 그것이 반드시 옳은 방법은 아니라는 것이다.

바로 난 삶을 빠르게 이동시키고 싶은 거다. 지금은 손해를 보고 있는 게 현실이다. 그러나 난 반드시 성공을 위해 많은 일을 처리하려고 한다.

실패도 하면서 방법을 알아내기에 힘을 쓸 것이다. 어떤 순간에도 난 모든 일을 빠르게 이동시켜서 빠른 성공을 이뤄낼 거다. 그러기 위한 냉철한 판단력이 필요하다. 어떤 일을 처리할 때 무조건 빠른 그것만이 능사는 아니다. 내가 정말 무조건 빠르게 처리한다? 아니다 싶으면 포기할 것은 또 빠르게 포기하는 게 지혜이다.

그렇게 해서 난 성공이 보이든 실패가 보이든 간에 적절한 선택을 할 줄 아는 지혜로운 사람이 되고 싶다. 그래서 난 어떤 곳에서 리더가 되든지 성공할 자신이 있다. 어떤 상황에도 민첩한 행동이 뒤따를 것이다. 지금 시대는 빠름이 진리다. 뭔가를 결정할 때 빠른 선택으로 승부를 걸어야만 한다. 뒤늦은 후회는 없어야겠다. 진심으로 지금 현실은 너무도 빠르게 진행되고 있다. 그러니 우리 선택이 헛되지 않게 이뤄내야 한다. 삶이 그냥 이대로 멈춰지면 좋겠다는 절망적인 생각을 하고 있을지 모른다.

그런데도 우리는 성공을 위해 선택해야 하는 갈림길에 서 있다.

성공하고 싶으신가. 그럼 빠른 선택으로 결정하라. 책을 읽을 것인지 포기할 것인지 고민할 필요가 없다. 왜 하기 싫은 걸 굳이 하라고 하는지. 하기 싫으면 하지 않으면 된다.

그런데 이 후회는 3년 뒤, 5년 뒤, 10년 뒤 매번 반복하는 인생이 된다. 독서는 필수이지 선택사항이 아니라는 거다. 정말 독서 세계로 빠져들고 싶지 않은가. 여러분 모두가 독서로 승리할 날을 기대한다. 그리고 응원한다.

정신장애, 이길 수 있다

독서로 많은 것을 배우다

책 장르는 다양하다. 내가 아는 걸 나열하면 이렇다. 기독교 서적, 수필, 자기 계발, 마케팅, 여행, 소설, 건강, 심리학 등등이다. 이외에도 내가 알지 못하는 영역이 즐비하다. 이런 책들을 모두 다 섭렵하기란 여간 어렵지 않다. 책 읽기를 통해 얻어지는 것도 무시하지 못한다. 어떤 책이든지 참 감사하지 않은 책이 없다는 거다.

독서는 누구나 돈을 많이 들이지 않고 할 수 있는 정말 좋은 자기 계발이다. 맞다. 돈이 전혀 들지 않고도 이런 책들을 모두 섭렵할 수 있는 게 우리나라에 사는 특권이 자면 특권이다. 아니 무조건 특권임은 분명하다. 우리는 너무나 좋은 환경에 살고 있다. 그런데도 실천하지 못하는 여러분, 안타까울 뿐이다. 진실로 우리는 어리석다.

왜 이렇게 돈 한 푼 들이지 않고, 자기 계발을 하고 있지 않은가. 참으로 답답할 노릇이다. 여러분이 놓치고 있는 것들이 많다. 수

능 만점자도 독서가 많은 도움이 됐다는 얘기를 앞에서도 잠깐 내비쳤다. 그런데 무엇이 문제인가.

우리는 이렇게 돈도 안 들이고 공부를 할 수 있는데 말이다. 우리는 모두 반성해야 한다. 어떻게 보면 달리 보면 우리나라는 이미 책 공화국일 수 있다. 물론 앞에서 말한 책 공화국이란 말은 '책을 많이 읽는 나라'를 말하는 것이다. 그런데 지금 내가 내비친 책 공화국이란 책을 많이 읽을 수 있는 나라임을 지칭하는 말이다.

우리는 이미 갖춰진 책 공화국임에 반문할 수 있는 사람이 있는가. 우리나라 정부는 이미 알고 있다. 분명히 많은 국민이 책을 많이 읽게 된다면, 정말 선진국이 된다는 원리를 말이다.

우리 모두 각성해야 할 문제다. 그런데도 실천하지 않는 여러분을 대하면서 참으로 안타깝다는 말밖에는 해 줄 말이 없다. 이렇게 책이 중요하다는 걸 정부가 말해줌에도 이걸 인식하지 못한다는 게 안타깝기까지 하다. 그런데도 지금 도서관을 더 만들어 달라고 애원하는 것이다.

난 도서관을 자꾸 늘리는 데도 반대하는 사람 중에 하나다. 왜? 그건 정확하게 말해 줄 수 있다. 진정 책을 사랑하고 읽는 사람들은 돈을 주고 사서라도 본다는 거다. 오히려 도서관을 줄여야 한다고 생각한다. 이렇게 말하는 내가 이해가 안 된다고 할지 모른다. 그런데 어쩌겠는가. 이게 현실이다.

정신장애, 이길 수 있다

앞에서는 제발 책을 읽어달라고 애원했다. 그런데 책을 쓰다 보니 지혜가 생기는 거다. 도서관을 줄여서 무명작가들을 위해 그 돈을 책 출판하는 데 더 써줬으면 한다. 돈이 없어서 책을 못 쓰는 이들이 많다. 이건 내가 자비출판을 비하하려고 얘기하는 게 아니다. 다시 말해 도서관을 짓는 데 돈을 허비할 게 아니다.

그 돈을 무명작가를 돕는 데 투자하는 게 백번 낫겠다는 생각이다. 내가 생각하는 그대로 직설적으로 얘기했다. 그럼 난 이제부터 무얼 주장해야 하는가. 제발 다시 생각하라. 이렇게 되면 내가 도서관을 줄여달라고 하기 전에 이미 운영이 힘들어 도서관을 줄이지 않을까. 이 얘기가 틀리지 않을 수 있다. 그렇게도 책을 읽으라고 강요하지만, 책에 손을 대지 않는다면 아무리 도서관이 많다고 좋기만 할까.

그렇게 되지 않기를 바라는 게 좋겠지만, 현실이 그렇다. 코로나19를 핑계하지 말라. 우리는 얼마든지 책을 읽으려면 방법은 많다. 하다못해 친구에게 구걸이라도 해라. 그럼 책을 주지 않을까. 책을 읽겠다는 열정이 있다면, 반드시 읽게끔 환경의 그에 따라 바뀌게 될 것이다.

독서가 생활화되는 날까지 난 외칠 거라고 했다. 책을 읽어야만 하고, 이건 선택이 아닌 필수라는 것을 누차 강조하는 얘기다. 책은 나에게 사랑 그 자체다. 그렇기에 평생 책을 읽을 만한 에너지가 된다면 마냥 책을 읽어도 좋으련만. 사실 그렇다.

에너지 얘기가 나왔으니 하는 얘기다. 독서도 어느 정도 체력이 뒷받침돼야 읽을 수 있다. 체력이 고갈되면 책 읽기도 여간 힘든 게 아니다. 난 작년 여름인가에 어지럼증을 호소하며 차병원을 찾았다. 거기 이비인후과를 방문했다. 그런데 이석증이라는 진단을 받았다.

이석증: 양성 발작성 위치성 어지럼증, 이석증 (耳石症), 양성 돌발성 체위성 회전성 어지럼증이라고도 한다. 머리 위치의 변화로 인해 주변이 돌아가는 느낌이 드는, 짧은 시간의 심오한 가르침 증상이 반복된다. 잠결에 돌아눕거나 자세를 바꿀 때 발생할 수 있다. (네이버 지식백과)

이런 증상을 겪었을 때 참 난감했다. 그런데 이 병은 그렇게 심각한 병은 아니었다. 두 번 진료로 증상이 호전되었다. 생각지 않은 증상으로 인해 독서를 하는 데 참 어려움이 있었다.

그래도 난 독서에 대한 열망이 있었고, 그렇기에 이겨낼 수 있었다. 앞으로도 난 여러분에게 독서에 관한 얘기를 끊임없이 하게 될 것이다. 우리는 책을 읽으려고 마음만 먹으면 그 즉시 읽을 수 있는 세상에 살고 있다.

그런데도 책을 읽지 않으려고 하는 것은 책이 너무 넘쳐나서 그

정신장애, 이길 수 있다

중요성을 잘 느끼지 못하는 데 있다. 앞으로라도 책을 가까이하라. 그럼 여러분에게 찾아올 기회와 행운이 가득하게 될 것이다. 앞에서 얘기했듯이 책을 열망하니 공짜로도 책이 날라오더라는 거다.

책에 집중하면 책에서 배우는 것들이 너무나도 넘쳐난다.

그러니 우리는 책에서 감사해야 한다. 아니 저자에게 깊이 감사하는 마음을 전하자.

내가 최근 들어 인생 책을 만났다고 얘기했다. 그것은 바로 나폴레온 힐의 『놓치고 싶지 않은 나의 꿈 나의 인생』이다.

이 책을 통해 난 내 꿈을 보완했다. 이 책이 말하는 것은 바로 믿음과 신념이 뚜렷하다면 반드시 성공에 이른다는 것이다. 난 이 말에 공감하고 100% 믿는다. 물론 사람이 나쁜 생각으로 뒤덮여 있다면, 그렇게 흘러가기 마련이다. 그러나 정말 선한 믿음과 사랑으로 세상을 대하면 좋은 일로 세상을 살게 되리라 믿는다. 성공을 원하는가. 그럼 절대적인 믿음과 신념으로 세상을 대하라. 그것만이 우리가 세상을 이기는 밑거름이 된다.

진정으로 성공에 목말라 있는 이들이 주위에 있는가. 책에서 꿈을 꾸라고 말해 주고 싶다. 그럼 반드시 성공으로 가는 열쇠를 준다. 그 황금열쇠를 손에 쥐는 날까지 한시도 주저하지 말고 전력질주해야 한다. 그러니 우리는 반드시 성장하기 위해서 책을 이해하고, 계속해서 질문을 던져야 한다. 우리가 받는 고난은 반드시 이겨낼 수 있는 고난일 뿐이다. 그렇게 우리는 세상을 정복하는 주인공이 되고 만다. 우리는 결코 승리를 쟁취해야만 한다.

세상을 이기려면 세상을 알아야 한다. 인생 선배들이 말하고 있다. 책 속에 길이 있다고 말이다. 그 말을 흘려버리지 않았으면 한다. 이러한 뜻을 버리지 않기를 바란다.

세상은 만만치 않다. 그러나 해 볼 만하다. 선배들이 길을 잘 닦아놓았으니 그 길을 스키를 타듯 미끄러지듯이 자연스럽게 나가면 된다. 이렇게 우리는 오늘도 성장하고 있음을 망각하지 마라. 분명히 우리는 오늘도 성장해 나가도 있음을. 앞으로 가는 인생을 성공적인 삶으로 끌어내리려면 매번 주어지는 기회를 놓치지 말아야 한다.

항상 우리는 승리를 쟁취할 준비가 되어 있어야 하리라.

난 더 이상 물러서지 않을 준비가 되었다. 저돌적으로 세상을 향해 싸워야만 한다.

그런데 하나님은 그렇게 말씀하신다. 이미 이긴 싸움이라고 말이다. 우리 대신 싸워주시는 배경이 존재하는 한 백전백승이 되고 만다. 그렇기에 인생을 몇 가지 법칙으로 승리해가면 된다. 나도 언젠가 이렇다 할 성과를 내기 위해 싸우고 있다.

그렇다고 피가 터지게 싸울 필요도 없으며, 목숨을 걸고 싸울 필요가 없다.

정신장애, 이길 수 있다

항상 준비되어야 한다. 그러기 위해 내 속 마음 양식을 가득히 쌓아두라. 필요할 때 요긴하게 꺼내 쓸 데가 있을 것이다.

그래서 우리는 준비되어야 한다. 참으로 집중할 때이다.

코로나는 사람을 죽일 수도 있지만, 세상을 지배하는 데 꼭 필요한 시기일 수도 있다는 사실을 잊지 마라. 나는 독서로 많은 것들을 섭렵하고 있다. 그건 변하지 않을 것이다.

수많은 역경 속에서도 이겨내는 법을 알았으니까. 당신도 할 수가 있다.

그렇게 믿어버려라. 그럼 자신들 가슴 속에 박혀있는 진주를 꺼내 쓸 수 있는 날이 도래한다.

책, 하나면 행복했다

난 10대 시절 너무나 외로웠다. 사실 교회에 가면 친구들도 많고, 재밌는 것도 많았다. 그러나 내 마음속에 뭔가 채워지질 않았다. 그렇다 보니 혼자 고립된 생활을 했다. 10대 시절 찬양을 많이 들었다. 현대적인 기독교 음악인 CCM이었다. 소리엘, 김수지 같은 내로라하는 CCM 가수들이 많아졌다. 그런 음악을 들으면 내 마음이 치유되는 듯했다. 그러나 그 순간뿐 내 외로움을 쉽사리 사라지지 않았다.

그렇게 10대 시절을 보내고 그다음 20대에는 책과 함께했다. 책이랑 함께할 때는 그렇게 외롭지도 않았고 마음이 안정되었다. 그렇게 또 20대를 보냈는데, 30대로도 그저 밋밋하게 책을 읽으며 위안을 받았다. 그리고 내 마음속을 책으로 채우니 내 마음이 정화되어 갔다. 그리고 40대를 맞이했다.

뭔가 달라진 것은 음악을 들으며 책을 읽으면, 그것처럼 행복한

정신장애, 이길 수 있다

게 없었다. 드디어 나만이 가진 무기를 찾았다. 책과 음악으로 내 자존감을 끌어올릴 수 있었던 것이었다. 그렇게 해서 난 차츰 정신 장애란 걸 극복해 나가고 있었고, 지금까지 일도 할 수 있었다. 스트레스라는 걸 책과 음악으로 다스리게 된 것이다.

어릴 적에는 내가 스트레스에 취약했고 풀 수도 없는 나날이 계속되었다. 스트레스를 이겨낼 만한 방법을 좀처럼 찾지 못했다. 이제는 항상 책을 손에 든다. 그리고 자연스럽게 음악을 듣고, 또 책을 쓴다. 그렇게 하다 보니 책을 출판하는 기회를 얻었다.

그 기대감 때문에 책을 완성하려고 미친 듯이 책을 써 내려가고 있다.

그러고 보면 난, 행운아이다. 사실 난 정신장애로 인해 병역을 면제받을 수 있었던 거다. 그걸 자랑하려고 이렇게 쓰는 건 아님을 알아주었으면 한다. 난 병역을 면제받은 것도 축복이라 생각한다. 당연히 갈 수도 없는 상황이었기에 이 상황을 그저 다행이라고 해야 하나?

한편으론 나도 멋지게 군인이 되어 의무를 감당해냈으면 어떤 삶을 살고 있을지 궁금하다. 그러나 안 가길 잘했다. 그래도 그만큼 시간을 벌었으니 말이다.

그런데도 난 더욱더 세상을 누구보다도 조금은 더 잘 알게 되었다고, 주장하고 싶다.

지금 난 자신감으로 똘똘 뭉쳐있다.

어떻게든 내 책을 세상에 출현시켜서 유명한 작가가 되어야 한다. 그러니 더 열심히 책을 써야만 한다. 난 할 수 있다. 반드시 인기도서 작가가 되는 날을 상상한다. 바로 이것을 신분 상승이라 한다. 하루아침에 유명작가가 되는 꿈을 꾼다.

이건 누구나 가질 수 있는 야무진 꿈임에는 틀림이 없다. 그렇게 유명작가가 되는 날이 눈앞에 다가서고 있다.

삶에는 여러 가지 갈 길이 많다. 그중에 작가라는 타이틀이 너무 매력적이다.

그렇게도 되고 싶은 작가 인생을 축복한다. 나 자신이 혼자 이루는 게 아님을 알아야 한다. 우리 어머니 기도와 가족의 따뜻한 섬김이 아름다울 뿐이다.

이렇게 책을 쓸 수 있는 여건을 만들어주심에 가족에게 감사하다.

책을 쓰는 기능이 필요하다고 한다. 그러나 내 생각은 다르다. 그저 선한 뜻을 품고 솔직하게 쓰면 되지 않을까. 내 진심을 알아줄 이들을 만나고 싶다.

책을 놓치지 않고 싶었던 초등학교 시절 마음으로 많은 눈물을 흘렸다.

그렇게도 난 끝까지 책을 놓고 싶지 않았다. 책, 하나면 충분히 행복했던 날들이 있었으니까.

난 지금도 과학자 『장영실』을 읽었던 감동에서 벗어나지 못한다. 그땐 정말 나도 과학자가 될 수 있을까 하고 생각했다. 아직도 늦지 않았다. 그런 꿈을 마음속으로 그리고 열망하면 이루어진다 했다. 난 하고 싶은 게 많다. 그러나 그건 사실 한 가지 길일 뿐이다.

그저 망상으로부터 나온 게 아니라는 뜻이다. 그렇게 하나하나 이뤄가는 것이 주님 뜻이란 걸 안다. 평소 난 퇴근할 때 버스 안에서 책을 읽으며 집에까지 오는데 그 시간이 가장 귀하다. 그리고 잠시 틈이 나는 시간에도 책을 보기 시작했다. 이렇게 마음만 먹으면 책 읽을 시간만큼은 주어지기 마련이다.

사실 어떤 이들은 책을 읽을 수 있는 시간이 없을 수 있다. 그런데 중요한 것은 누구는 길을 걸어갈 때, 또한 화장실에서도 책을 본다고 한다. 대단한 열정이지 않은가. 이렇듯 마음만 먹으면 책을 읽을 수 있다는 거다.

그러니 여러분도 시간 쪼개기로 독서 시간을 만들어보라. 그럼 반드시 더 많은 독서 시간 얻게 되리라 본다. 지금을 허투루 보내지 마라. 항상 기회는 오기 마련이다.

도전하는 삶이 아름답다고 하지 않았는가. 오히려 없는 시간을 쪼개서 책을 읽으면, 더 좋은 기회로 주님 선물이 가득해진다. 세상에 공짜는 없다. 왜? 시간을 막론하고 애를 써서 책을 읽는 자와 시간이 많은데도 책을 읽지 못하는 자 중에 누가 더 소중하랴. 그건 전자일 것이다.

그렇기에 세상은 공평하다 하는 것이다. 그렇기에 조금 부족해도 부족한 대로 삶을 이겨내면 된다. 그럼 반드시 좋은 날이 온다. 그것을 명심하라. 세상은 노력하는 자들 것이다.

어떤 경우든지 어렵지 않은 인생은 없다. 그러나 하나님은 우리가 이겨낼 시험만 주신다. 그러니 우리는 모두 공평하신 주님께 감사해야 한다. 어떤 점에서 공평하다는 것인지 의구심을 가질 만하다. 그러나 주님은 세상 모두에게 똑같은 시간을 주셨다. 시간이 정 부족하면, 만들면 된다. 그것은 세상을 살아가는 여러분들 몫이다. 앞으로도 많은 시간이 여러분에게 주어졌다. 그런데도 세상에 한탄만 하고 있으려는가.

친구들과 술을 마시며 수다를 떠는 것은 시간이 아닌가. 세상은 이미 시간을 초월하고 있다. 절대적인 하나님 시간인 '카이로스'가 존재한다.

카이로스: 기회 또는 특별한 시간을 의미하는 그리스어로, 기회의 신을 뜻하기도 한다. (네이버 지식백과)

지금 우리는 무엇을 망설이고 있는가. 하나님 시간 안에 발을 담

정신장애, 이길 수 있다

그기만 하고 내 몸은 그 안으로 들어가지 않고 있는가. 물에 들어가기가 어려우니 그 안에서 헤엄치는 게 더 자유롭지 않은가.

난 요즘 참된 자유로움을 누리고 있다. 하나님 세계 안에 몸을 던져버렸기에 가능한 거다. 여러분도 망설이지 말고 수많은 진주와 보석이 있는 바다 안으로 뛰어들어라. 그럼 주님께서 주시는 수많은 축복을 누리게 된다. 그 안에 누리는 자만이 참된 평화를 누리고, 자유를 찾게 된다. 이런 삶은 누구에게나 주어졌다. 그렇게 들어가기까지가 너무나도 버겁다.

아직 세상이 주는 안락과 쾌락이 더 좋다는 사람들이 있다. 그런데 주님이 주시는 세상과는 비교가 안 될 천국이 존재한다는 것이다. 이 세상에서 살면서도 천국을 맞이할 수 있다. 내 마음이 깨끗하고 평안하면 이곳에서도 천국을 충분히 누릴 수 있다. 더욱더 삶을 하나님께 드려라. 하나님께 예배하는 자만이 영원한 생명을 얻을 수 있다.

그러니 선택하라. 참된 이야기가 있는 책 속으로 말이다. 모든 책은 성경에서 출발했음을 잊지 마라. 분명히 책은 성경에서 기원이 되었다. 성경이 기본이 되었고, 성경 말씀을 이해해야 만이 다른 책도 쓸 수 있는 거다. 그렇게도 열망하는 작가가 되는 길을 성경 말씀에서 찾아보자.

그럼 이거 책을 얼마나 더 읽어야 하나? 이런 질문을 하게 된다.

그건 무한대이다. 세상의 모든 책을 섭렵하는 게 내 욕심이다. 어떻게 보면 하나님보다 책을 사랑하는 거 아니냐는 얘기가 나온다. 그건 절대 아니다. 왜냐하면 일반 서적을 읽으면 읽을수록 반드시 그 안에 하나님께서 말씀하신다. 책과 함께하면 백전백승이다. 물론 성경 말씀도 꾸준히 읽는 게 좋다.

나는 여러분이 이번 기회를 통해 마케팅 분야도 읽어보고 때론 심리학 분야도 읽었으면 한다. 요즘은 참 쉽게 잘 나오는 책들이 많다.

책, 하나면 충분하다. 세상 모든 문제와 그 답을 책에서 구할 수 있다.

정신장애, 이길 수 있다

4장

독서로 장애를
극복하다

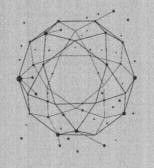

책은 나의 삶 자체이다

나는 책으로 인생을 모두 채울 만한 가치가 있음을 강조한다. 책은 내게 카타르시스라고 했다. 그만큼 난 책을 사랑한다. 홍규 삶에 책이 없다면, 내 인생은 없을 뻔했다. 그토록 책은 내 전부이다. 결코 놓칠 수 없는 내 무기이기도 하다. 책이 가져다준 선물이 많다는 것이기도 하다.

책과 결혼하고 싶을 정도로 좋다. 어떻게 표현할 길이 없어 결혼이란 얘기가 튀어나왔다. 책과 결혼을 군이 비교하자면 결혼이 먼저인 것은 당연하다. 그런데도 책과 결혼하고 싶다 표현한 것은 책에 미쳤다고도 볼 수 있다. 그래도 결혼이 먼저다.

말을 잘못하면 결혼도 못하게 될지도 모른다. 그래도 난 책이 소중하다. 인생에서 반은 책과 함께 했다고 해도 과하지 않다. 30대부터는 오직 책만 생각하고, 책을 읽어나갔다.

그래서 책을 얘기하자면 끝이 없다. 난 책과 길을 함께 했다. 그렇기에 책과 관련된 사업을 하게 될지도 모른다. 책을 통해서 배운 것이 너무나 많고, 책을 통해 얻은 것이 그만큼 많다. 내가 단언컨 대 45세가 될 즈음에 성공이란 단어가 무색하지 않게 해낼 자신이 있다.

어떤 경우에도 그 시간을 놓치지 않기 위해 최선에 최선을 다할 것이다. 여기서 뭔가 의문점이 드는가. 그럼 난 이렇게 말한다. 사 실 45세로 정한 것은 모든 것을 갖추겠다는 것이다. 결혼도 하게 될 것이고 집도 장만할 것이며, 자가용도 소유하게 될 것이다. 그렇 다면 그 자신감은 어디서 나오지? 난 그만큼 열심히 달렸다.

그만큼 아팠고 고생도 많이 했다. 몸도 조금씩이지만 나아지고 있고, 정신장애도 어느 정도 극복했다고 자부한다. 그렇다고 내가 너무 교만해졌다 생각지 마시라. 나는 정말 나 자신이 겸손해지려 고 무던히도 노력하고 있다는 사실이다. 어느 정도냐 하면, 분명 내가 잘못한 것은 없으나 조금이라도 언쟁이 있었다면, 내가 먼저 사과하는 편이다. 그럼 관계가 더 돈독해진다. 내가 다니는 직장에 서도 최근에 2건이나 있었다.

그러니 난 그렇게 교만하지도 않으며, 그렇다고 그렇게 겸손하지 도 않다. 중립을 지키기 위해 노력한다. 어떤 순간도 소중하지 않 은 시간이 없다. 그러나 난 지금 이 순간이 매우 중요하다. 한 치 오차도 허락지 않는다. 상황이 딱딱 들어맞는 드라마를 연출해내야 한다.

그렇기에 한순간도 긴장하지 않을 수 없다. 그러니 매사에 신중히 처리하고 있다. 참으로 내게는 이 시점이 인생에 있어 가장 중요하다. 삶을 성공한 인생으로 진행되려면 더욱더 겸손히 주를 바라볼 때이다. 내가 지금 무너진다면, 나에겐 천국이 없어질 수도 있다.

그러나 내가 만난 하나님은 내 계획을 아주 이상적으로 바라보고 계신다는 것을 확신한다. 난 이렇게 책을 쓰고 작가가 된다는 것을 한두 달 전부터 확신에 차 있었다. 글로 정리해 놓았고, 그것이 이루어지도록 기도를 했다. 반드시 주님께서 들어주시리라 믿는다.

그 어떤 것도 이젠 실패하지 않으리. 끝까지 나를 쳐서 주님께 복종시키는 나를 만들어야 하는 운명이다. 나는 내 인생 드라마에다 주인공이다. 여러분도 각자 자신이 인생 드라마에 주인공인 셈이다. 그러니 한순간 한순간이 중요하지 않은 시간이 어디 있으랴. 우리가 세상을 바꾸려면 어렵다.

그런데 나를 바꾸는 게 더 쉽고 간단하다면 어떻게 하겠는가. 그럼 어떻게 이런 계획들을 이룰 수 있지. 그건 바로 '믿음'과 '신념'이다. 이게 간단한 말이고 짧은 문장이긴 하나 이 문장에는 수많은 이야깃거리가 존재한다. 그렇기에 쉽사리 넘겨서는 안 될 말이다.

세상은 믿음과 신념으로 함축되어 있다. 이것만 있으면 끝이다.

믿음은 곧 하나님 마음이고, 신념은 곧 하나님 뜻이다. 그렇기에 우리는 이 말에 적극적으로 대해야 한다. 마음이 되고 뜻이 되는 삶으로 녹여내야 한다는 것이다. 어떻게 생각하면, 세상이 만만치 않은 것 같지만, 그렇게도 어려운 삶은 아니다. 마음과 뜻이 있는 곳에 길이 있다 했다. 그렇게도 아픈 인생을 하나님이 보시기에 아름다운 삶으로 살아내자는 것이다.

지금도 아픔에서 헤어 나오지 못하는가. 무엇이 문제인가. 단순히 말하자면, 믿음과 뜻이 잘못되고 있다는 것이다. 분명 원리는 간단하지만, 그것을 이해하기란 여간 어려운 게 아니다.

그래도 난 이것을 이해하기 위해 40년이 넘는 시간이 걸렸다. 그 절망과 아픔 속에서 견뎌낼 수 있었던 것은 말이다. 반쪽짜리 믿음이라도 반쪽짜리 뜻이라도 걸치고 있었기에 가능하지 않았을까. 우리는 이 반쪽짜리 믿음과 뜻을 아주 무시하고 살지는 않았는가. 깊이 고심해야 할 문제이다.

세상에 쉬운 것이 어디 있으랴. 평생을 다해 삶이 성공되는 원리를 이제야 깨달은 것뿐이다. 이젠 증명해낼 일만 남은 것이다.

어떤 경우에도 꺼져 주어지는 것은 아니다. 내가 이런 말들을 할 때 제발 경청해 주길 바란다. 아주 틀린 말은 아니라는 거니까 말이다.

정신장애, 이길 수 있다

이렇게 말하고 있는 나도 나 자신이 무섭다. 이렇게 말해 놓고도 이대로 실천되지 않으면 어떡하지 하는 아주 조그마한 의심이 있다는 것이다. 이건 어쩔 수 없다. 원래 인간이라는 이들이 의심하는 동물이기 때문이다.

그러나 1%도 의심하면 지는 것이 되고 만다. 그러는 우리는 단 1% 때문에 길을 잃고 헤매는 것은 아닌지 깊이 들어가 생각해 볼 문제다. 아쉽게도 단 1%로 인생이 갈리기도 하니 말이다. 그래도 인간이기에 그럴 수밖에 없다. 그럴 때마다 우리는 마음을 재정비하고 나아가면 그뿐이다. 그렇다고 인생을 포기하면 안 되지 않는가. 바로 인생은 우리 자신이 주인공이다.

이것을 잊지 말아줬으면 한다. 나 자신을 사랑하는 마음을 가득히 채우고 갔으면 한다. 사람은 수많은 기회를 놓치며 살아간다. 나 자신도 대부분 기회를 놓쳤으니 아직 결과가 없는 듯하다. 그러니 이제는 기회를 잡아야겠다. 바로 내가 주인공임을 잊지 말았으면 좋겠다.

그 어떤 것도 내 목숨과는 바꿀 수 없다. 그러니 나 자신을 수없이 사랑하라. 그래야 남들도 나 자신을 소중하게 본다. 내가 만약 영이 없는 강아지로 태어났다고 가정해 보자. 정말 끔찍한 얘기다. 생각하기도 싫다. 사람이기에 책을 읽을 수가 있다. 이 점을 명심하기를 바란다.

그럼, 여기서 질문을 또 던져본다. 우리는 여기에서 무엇을 선택해야만 하는가. 내가 바라는 것은 우리가 가지고 있는 태도이다. 지금 여러분들 상황에 만족하지 말라는 거다. 그 이상을 뛰어넘는 꿈을 꾸라는 얘기다. 바로 여기서 얻어지는 것은 우리가 바라는 삶이다. 이것을 이루기에는 항상 역부족임을 인정해야 한다.

그러나 하나님 한 분만을 바라면 더 나은 미래가 나오고 그려진다. 항상 꿈을 꾸라. 그러다 보면 반드시 이상적인 꿈이 세워진다. 그런 후 넓은 세상을 바라보라. 그럼 우리는 계획들을 가지게 된다. 결코 포기할 수 없는 인생들이다. 성경에 보면 예수님이 그러셨다. 너희는 나보다 더 큰 일을 감당해낼 수 있노라고 말이다.

그렇기에 우리가 찾지 못한 능력들이 내 안에 가득하고 계발할 수도 있다는 것이다. 난 요즘 하나님께 간절히 기도하고 있다. 그건 바로 사진 그래픽메모리 기능이다. 그것은 바로 책이나 이미지를 보면 한꺼번에 한 페이지를 읽어 들이듯이 뇌 속에 저장이 된다는 원리이다. 이런 기능은 누구나 가지고 있는 능력은 아니다.

우리나라에 아는 사람 중에 이지성 작가가 그런 능력을 갖추고 있다고 들은 기억이 있다. 난 이 기능 훈련을 통해 가질 수 있다고 들었다. 그 방법들은 내가 전문가가 아니기에 이쯤에서 마무리한다. 방법은 인터넷 세상에 고스란히 들어있으니 참고 바란다. 이 기능을 얻게 된다면, 난 바로 범죄심리분석관 공부를 하러 미국으

정신장애, 이길 수 있다

로 날아갈 것이다.

이것 또한 주시리라 확신한다. 범죄심리분석관은 범죄심리분석 수사관이라는 거다.

나에게 이런 능력을 허락하시면, 우리나라 미제 사건을 해결하는 사람으로 거듭나고 싶다. 내가 쓰는 책이 책으로 출판되면 정말 이 세상을 다 얻은 것 같겠지.

바로 이런 걸 기대하면 오늘도 신나게 책을 쓴다.

앞으로 비전들을 빠짐없이 이야기하고 이뤄낼 것이다.

"말이 씨가 된다"는 성경 말씀을 난 너무나 좋아한다. 왜 말하는 대로 이루는 그런 삶을 내가 증명해내리라는 거다. 다시 말하자면 책이 나에게 삶 자체이다. 이건 평생 가지고 갈 지론이다.

반드시 내가 생각하고 바라는 것에 뜻을 두고 살아가야 한다. 분명한 것은 그걸 사인하시는 분은 여호와이시니라. 그런 하나님께 감사와 영광을 돌린다.

나에게 책은 '감사'다

여러분은 무엇에 감사하는가. 난 당연히 책에 감사한다. 그리고 책이 나온 기원이 되는 성경 말씀을 주신 하나님께 감사드린다. 책이 함께해 준 덕분에 지금 내가 존재한다. 책이 없었더라면 난 아마도 이 세상 사람이 아닐 수도 있다.

왜? 날 엄청나게 괴롭힌 허리통증과 정신질환으로 인해 어두운 길을 걸어가고 있었다. 그러나 지금은 다르다. 내가 좋아하는 책 속에 파묻혀 살고 있으니 말이다.

책이 나를 살렸고, 책이 나를 행복하게 했다.

바로 난 책 때문에 인생을 아름답게 살 수 있었다. 그렇기에 책을 놓을 수가 없었던 거다. 또 감사했던 것은 책을 읽어서 자존감이 높게 형성이 되어 나를 사랑하게 된 거다. 어쩔 수 없는 선택인 것은 맞다.

다시 20년 전으로 돌아가도 책을 들고 있을 것이다. 지금은 책을 읽는 게 너무나 당연한 일이 되었다. 하루도 책을 놓지 않고 있는 것이다. 바로 난 수많은 책을 읽고 정신이 건강해지고 몸도 건강해졌음을 인정한다. 그러니 여러분도 그 과정을 통해 내가 아픈 곳을 책을 통해 열고, 치료 방법을 찾으라. 그럼 찾게 될 것이라.

그렇다면 무엇을 망설이는가. 지금 내가 부족한 것을 보완해 주는 것이 책이라면, 얼마나 감사한 일인가. 인생은 도박이라고도 한다. 순간마다 기회가 오면 나는 꼭 배팅을 할 거다. 지금, 이 순간도 사업구상 중이다. 이젠 어떻게 책 마케팅을 해야 할지에 대해 연구하고 있다.

난 이제 백전백승할 자신이 생겼다. 지금 책을 쓰는 것도 3일 만에 13꼭지를 쭉 써 내려가고 있다. 어떻게 그게 가능해. 난 가능하다. 그만큼 성공이 절실하고 간절하기 때문이다.

이렇게 책을 쓰고 있는 것도 내게 또 감사 제목이다. 난 이번 출판에 사활을 걸었다. 조금이라도 오차를 줄이고 성공 반열에 오를 것이다. 그렇기에 난 무조건 성공에 이르고 말 거다.

바로 내가 살아가는 방식이다. 성공이 눈앞에 보이면, 그게 어떻게 자리 잡을지는 생각지 않고 덤벼든다. 끝까지 믿어주는 동생 록이 있어 난 오늘도 책에서 감사하며 책 쓰기를 감행한다. 어떤 방법이든 동원해서 책 마케팅을 멋지게 해 댈 거다.

난 이미 그 방법을 알고 있는지 모르겠다. 이미 주님께서는 계획하고 계신다.

이게 감사하다는 것이다. 딱 알맞게 내 몸에 옷이 딱 맞듯이 명작가 삶이 시작된다.

그걸 진실로 믿기에 난 감당해낼 수 있는 것이다. 서로에게 맞으려면, 서로 양보하고 맞춰가는 게 방법이다. 난 이미 나 자신이 낮출 것은 낮추고 누군가에게 성공적인 면에서 양보를 해 줬는지 모르겠다. 그러나 이번만큼 이 놓치고 싶지 않다.

반드시 감사할 조건을 만들어내리라 다짐을 한다. 그래서 꼭 성공해내야 한다. 그리고 감사를 잊지 말아야 할지니. 내가 해야 할 일은 정해져 있는 듯했다. 이젠 뭐든지 하나님과 상의하고 예의를 지키려고 한다.

만물을 주관하시는 분께 해야 할 최소한 도리임을 깨닫게 되길 바란다. 이렇게 또 난 한번 도박에 손을 대려고 한다. 흔히 말하는 도박이 아닌 인생 도박 말이다. 난 끊임없이 손해를 보면서까지 많은 수강료를 들여 인생 공부를 철저히 해야 한다. 이제 책이 꼭 나와 줘야 한다.

그래야 앞으로 인생을 제대로 설계할 수 있게 된다. 이렇게 내가 이번 책에 미칠 수밖에 없는 이유다. 그런데도 난 성공을 위해 멈출 수가 없다. 그래야 내가 살아가는 이유가 된다.

아무리 어렵고 힘들어도 잘 헤쳐 나가야 한다. 그래야 내 입지가

정신장애, 이길 수 있다

바로 서게 된다.

이번만큼은 양보하지 않겠다고 말했다. 세상은 아마도 성공하는 순서가 있는 듯하다.

그래서 이번에 누군가 성공을 했다면, 이젠 나에게도 기회가 있겠지 하며 기대를 건다.

그렇게 해서 딱 맞게 그려지는 마치 보물 지도를 손에 넣고 보물섬을 향해가는 내가 되었으면 한다. 확실한 설계도가 내 안에 그려질 때 반드시 성공에 이르게 된다. 그러니 난 내 안에 설계도를 그려놓고 있다. 꽤 진척이 있다. 내 인생은 45세 때 비로소 시작을 향해 간다.

그러니 일단 책이 나와 줬으면 하는 간절한 바람이 있는 거다. 앞으로도 감사 제목을 세어보려고 한다. 언제가 감사 제목만으로 채워지는 책이 출간되리라. 난 갈 길이 멀다. 이제 꿈을 현실로 이루는 나날을 기대한다. 이제 그렇게 변화되고 승화될 날들을 기대한다.

어떤 경우든 실패도 존재한다. 나로서는 이번 기회만큼 확실하게 잡아야 한다.

내가 가는 길을 아무도 막지 못한다. 그러나 단 한 분 하나님이 멈추라 하면 멈춰야 하는 너무나도 연약한 존재임을 인정한다. 책으로 인해 난 많은 것들을 가지게 된다. 그럼 어떻게 이겨내야 잘했다 칭찬받을 수 있으랴. 함께 고민해 보자. 정녕 어렵지만은 않다.

책 하나에 울고 행복했던 지난날을 회상하면 깊은 생각에 잦아들고 싶다. 아직은 때가 아니다. 책이 나오고 결과를 기다려 좋은 성적을 거뒀을 때 그 마음 가득히 감동으로 눈물을 흘리고야 만다.

어떤 삶이든 축복받아 마땅하지 않은 사람은 없다. 얼마든지 축복된 인생으로 바뀔 수가 있다. 나 자신도 축복받고 태어난 인생은 아니었다. 무책임하게도 우리 아버지는 어머니께 나를 지우라고 하셨다. 그게 며칠 전 듣게 된 얘기다. 그렇다고 크게 동요하지 않았다.

왜냐하면, 지금까지 나를 위해 희생하셨던 삶을 내비쳐 보면 이 또한 감사할 뿐 원망하지 않는다. 난 이제 더 그 말에 연연하지 않는 삶을 살아내리라 다짐을 한다.

어떻게든 난 숨을 쉴 것이고 숨을 쉬는 한 끝없이 도전한다. 이렇게 나는 하루하루를 감사로 채워낼 것이다.

진정으로 성공이 목말라 있는 나에게 가혹한 벌을 내리지 마소서! 주님께 부탁드립니다. 이번에도 실패한다면 내 삶은 극빈층으로 갈 수밖에 없는 삶을 살 수밖에 없다. 그러나 난 자신이 있다. 매번 실패를 거듭하면 딱 알게 된다. 이번엔 되는지 안 되는지 말이다. 이번엔 감이 좋다 이렇게 글이 잘 써졌던 것도 드문 일이다. 이번이 마지막 기회가 될지 모른다.

정신장애, 이길 수 있다

그러니 최선을 다해 정성을 다해 한 자씩 써 내려가고 있어야 한다.

단지 내가 대단해서가 아닌 주님께서 주신 지혜로 글을 써내고 있다.

바로 난 여기서 멈추지 않고 책을 써내고 싶다.

끝까지 완성된 책을 읽고 감동으로 가득한 눈물을 흘리고 말 테다. 이런 마음을 갖고 책을 쓰는 사람들이 있을까. 잘 모르겠지만, 끝까지 최선을 다하리라. 늘 감사하는 인생으로 부모님께 효도하고, 록 이에게도 늘 응원해 줘서 고맙다고 전하고 싶다. 날마다 감사하는 삶을 살아내야 하늘에서 감동하지 않겠어. 홍규야, 끝까지 승리하는 그날을 위해 달리자.

우리는 모두 책을 읽어야 하고 그것에 대한 감사를 모르면 안된다.

그러니 모두 책을 읽고 감사일기를 써내야 하리라.

여러분께 부탁을 드린다. 모든 삶 가운데 주님이 함께하지 않으신다면, 아무 소용이 없으리.

감사로 시작하는 하루를 주님께서 제일 기뻐하신다. 아침에 일어나 주님 감사합니다. 라고 아침 문안을 드리자. 그럼 오늘 하루도 하나님께 책임져 주시리라. 그걸 믿고 누굴 만나든 감사하는 마음을 가져라. 나는 인생 최고조로 끌어올리는 방법을 알아내고 있다. 여하튼 나 자신을 사랑하라. 그리고 감사하라. 그리고 누군가를 칭찬하라. 칭찬이야말로 최고 선물이 된다.

우리가 너무도 자신을 사랑하는 방법을 모르는 듯하다. 나도 나 자신을 사랑한다. 나 자신을 사랑하는 방법은 잘 안다. 앞으로도 더욱이 현실적인 사랑에 관해 이야기해 주리라. 반드시 백전백승하는 이야기를 하려고 한다. 경청해 주길 바란다.

모두가 한 가족 한 형제가 되는 날까지 끊임없이 여러분을 사랑하고 감사해하는 삶을 살리라. 여러분 모두는 천국에서 만나게 될 날을 기대하며 지내도 좋다. 바로 난 그런 길로 인도하는 사람으로 거듭나야 하기 때문이다. 난 분명히 약속한다. 함께 한다고 말이다.

책은 항상 나에게 감사가 되어 날아들었다. 여러분도 간접경험뿐만 아니라 직접적인 경험을 하기를 바란다.

정신장애, 이길 수 있다

정신장애, 독서로 승화하다

난 나를 괴롭히던 친구들을 모두 용서해 버렸다. 그게 내 마음이 안정적으로 갈 수 있는 가장 좋은 마음이라 생각했다. 앞으로 그들과 친구가 되면 더욱더 좋겠다. 학창 시절 왜 그리도 배가 고픈지. 참 눈물이 난다. 초등학교 시절부터 난 이미 마음이 망가지기 시작했다.

스트레스를 풀 때가 마땅치 않았기에 더욱 정신질환으로 시달려야 했다. 이젠 정말 이 스트레스를 푸는 방법을 알았기에 어떤 것에 도전하든 백전백승으로 내 달린다. 이 책을 통해서 나 자신이 경험한 정신장애를 얘기하는 거다.

처음 중학교 시절부터인가. 아니면 초등학교 시절인지 모르겠지만, 난 환청과 망상으로 머리가 이상해진 거다. 이걸 어떻게 표현할 길도 없었고, 이겨낼 방법도 몰랐다. 그저 무방비 상태에서 당했다. 귀에서 낯선 소리가 들리고 생각이 제어되지 못했다.

왜 그랬을까. 그건 사실 아이들에게 괴롭힘이 있어서 그런 건만은 아니었던 것 같다. 단지 스트레스를 풀 뭔가가 없었던 것 같다. 운동하던지 하다못해 담배와 술을 했더라면 스트레스를 날려버릴 수 있었을까. 고등학교 당시, 아니 초등학교 때도 아이들은 담배와 술을 몰래 하는 듯했다. 그래도 그런 것들을 가까이하지 않았다. 그것만은 참 다행이다.

몇 년 전 도서관에서 잠깐 근무했던 적이 있다. 그때 참 많은 책을 보았다. 거기에 운전기사님께서 얘기해 주셨다. 사람이 하루에 5가지 스트레스가 있다면 적어도 3~4개 정도는 풀어주고 자야지, 정신건강에 좋다고 하셨다. 난 무방비로 스트레스를 받고 풀 줄 몰랐다. 그렇게 해서 난 점점 정신장애로 어두운 터널을 지나고 있었다. 처음 입원하게 된 곳은 광주 세브란스 정신건강병원이었다.

거기에서 정말 정신장애 끝을 보고야 말았다. 집에서는 절대 안 그랬지만 안정실에서 벽에 똥칠까지 했던 거다. 지금 생각해 보면 그건 마치 치매 증상 아닐까도 생각했다. 그렇게까지는 아이라고 믿고 싶다. 1995년 당시 그때 처음 정신병원을 입원하게 됐다. 그때 받은 병명은 정신분열증이고 지금은 '조현병'이라고 알려진 병이다.

그다음 1997년에 입원했을 때는 조울증 양상을 보여서 입원하게 되었다. 조울증에 대해 자세히 설명하지는 않겠다. 요즘은 많이 알려져 있기 때문이다. 그랬다. 난 하루에도 하늘과 땅을 오가며, 감정 기복이 너무 심했던 탓에 입원 치료를 받기에 이르렀다. 그리고

정신장애, 이길 수 있다

1999년엔 또 병명이 한 번 더 바뀌었다.

이번에는 조증형 정동장애(양극성 장애)로 입원하게 된 것이다. 또 좌절이었다. 그래도 위로를 받았던 것은 양극성 장애가 예후가 더 좋다는 내용이다. 그 후에도 5번 정도를 입원했다. 차병원에서도 입원 치료를 받게 되었다. 나는 입원할 때마다 완치 판정을 받으러 입원했다고 외쳤다. 아무도 믿어주진 않았다.

그래도 난 비록 아직도 약을 먹고 있지만, 언젠가는 완치 판정을 받을 것이다. 그때 예상하지만, 2주 정도 다시 입원해서 완치 판정을 받고 나오게 된다고 계획하고 있다. 이렇게 많은 정신장애 증상을 모두 겪어본 나로서는 그래도 안정적인 삶을 살아내고 있다고 자부한다. 앞으로도 정말 관리를 제대로 할 것이다. 정신장애는 물론 육체적인 질병도 정복하리라는 다짐을 한다.

그 어떤 장애도 이겨낼 수 있는 시대가 자리하고 있다. 사람이 감당치 못하는 수술도 이제는 로봇이 정교하게 해내는 시대가 도래했다. 이렇게 난 정신장애를 겪고도 정말 잘 견뎌주고 있다. 많은 이들이 정신장애로 고통받고 있을 때이다. 그런 만큼 난 더 공부에 매진할 수밖에 없다. 정말 간절하다.

정신장애 환자에서 치료진으로 서는 그날을 지켜봐 주라. 내가 가야 할 길은 반드시 '정신건강 사회복지사'다. 난 이틀이 내 적성에 아주 들어맞을 거라 예상한다. 반드시 정신장애를 이겨내고 일어서게 될 날을 기대해 주라. 여러분께서 기도해 주라. 그럼 더할 나위 없이 감사하고 은혜를 갚으리라. 정신장애를 어떻게 이기고 승리하는 것은 바로 그와 반대되는 일을 하게 되면 금상첨화다.

여기까지 정신장애가 어떻게 나에게 도래했는지 이야기했다. 이제부터는 어떻게 독서로 승화를 시키냐 문제다. 나도 막 생각을 해내서 글로 마무리하려고 한다. 여러분이 응원해 주라.

하루를 독서로 채우고 싶지 않은가. 많은 이들이 이렇게 말하는 이들이 있다. 책을 읽고 싶다고 말이다. 책을 이해하지 못하겠다고 하는 돈열이 참 웃음이 난다. 내가 먼저 책을 내고 성공하면 제일 먼저 돈열이가 반응한다. 그걸 어떻게 아냐고, 돈열이도 분명 성공에 목말라 있으니까.

책을 읽으면 마음이 정리되고 정화도 된다 했다. 사실 이거에 대해서는 충분히 앞에서 다루었다. 우리가 책을 읽지 않는 게 정상일까. 아니면 책에 미쳐서 사는 게 정상일까. 물론 후자다. 우리는 모두 책을 사랑해야 한다. 항상 책을 끼고 다녀야 한다. 난 오늘도 책 한 권을 읽어냈다. 하루에 읽어낸 게 아니다. 한 일주일 정도를 가방에 넣고 다니며, 틈틈이 보았을 뿐이다.

이렇게 내가 가방에 넣고 다닌 책들은 내 머릿속으로 저장이 된다. 지금 당장은 써먹지 못할지라도 언젠가 반드시 적절하여질 시기에 튀어나오게 된다. 언젠가는 책을 읽는 게 아까울 정도였다.

정신장애, 이길 수 있다

그만큼 내용이 너무 좋아서 책을 아껴서 읽고 싶기도 했다. 책들과 함께한 시간이 20년이 홀쩍 넘어버렸다.

내가 왜 20대 초반에 이지성 작가 책을 외면했을까. 그때 알았더라면 더 좋고 더 많은 것들을 깨달았을 텐데 말이다. 그래도 난 후회하지 않는다. 난 한순간도 후회하지 않는다. 책과 함께한 시절이 내게는 황금기였다. 앞으로는 정말 돈을 만질 수 있는 기회가 왔기에 확신한다.

지금 주위에는 길거리에 자리를 깔고 술을 먹고 깽판을 치는 이들도 있다. 그런 이들보다 정신장애를 극복하고 있는 이들이 더 건강한 사람이다. 그러니 정신장애를 가진 자들이여 깨어나라. 세상은 얼마든지 여러분을 끌어안고 있으니까.

그러니 어깨를 활짝 펴고 환자에서 치료진으로 바뀌게 되는 날이 오고 있다. 수원에는 장명찬 원장님께서 운영하시는 '마음샘 정신재활센터'가 있다. 원장님께서 예전에 해 주셨던 말씀을 지금도 기억한다. 이젠 환자에서 치료진으로 얼마든지 나아갈 수 있다고 말이다. 그때부터였다. 난 반드시 정신건강 사회복지사가 되고 말거라고 말이다.

여러분들도 가능하다. 환자에서 의료진으로 선다는 것은 당연하다.

지금까지 정신장애 치료도 정말 발전했다. 이제는 제대로 배턴터

치가 일어나야 한다.

우리 정신장애인들이 연봉 1억 이상을 받을 슈퍼스타가 만들어지는 세상이 온다.

그러니 자부심을 품고 살아도 좋다. 그렇다고 정신장애인 모두가 치료진이 될 수 있다는 게 아니다. 적어도 지금부터라도 많은 책을 섭렵하고, 준비된 자만이 기대할 수 있는 자리이다.

정말이지 안타깝다. 우리 정신장애인들이 대접받는 세상을 내어 주었으면 한다. 왜 장애인이라는 이름을 걸고 장난을 치고 있는 거지. 참 마음이 아프다. 어떤 경우에도 장애인을 이용해서는 안 된다. 내가 반드시 감시자가 될 것이다.

엉뚱한 생각으로 장애인들을 이용해서 돈 벌 생각은 추호도 하지 않았으면 한다. 오늘은 참 기분이 좋다. 지금 이 책 내용을 통해 슈퍼스타들을 보았으니 말이다. 난 이것으로 만족한다. 환자에서 치료진으로 이어지는 세상이 진짜 세상인 거다. 그러니 정신장애인들은 반드시 준비된 자들을 통해 주님께서 직접 선택하신다.

우리가 먼저 세상을 가꾸어 나가다 보면 진정 아름다운 세상이 온다. 바로 내가 서 있는 곳이 천국인 셈이다. 내가 먼저 가서 가꾸어 놓으려 한다. 그러니 우리가 진행해야 할 프로젝트를 알려주겠다.

지금은 책을 펼칠 때이다. 그냥 퇴근하고 TV 앞에서 떠날 줄 모

정신장애, 이길 수 있다

르는 사람이 있다. 그리고 야식을 시키고, 몸무게는 늘어나고, 참으로 안타까울 뿐이다. 이제는 나 자신을 사랑할 줄 알아야 한다. 내 몸을 제대로 만들며, 아픈 몸은 사활을 걸고 고치면 된다.

그렇게 큰돈을 들이지 않고도 병을 고치는 방법들은 널려있다. 세상에는 매일 책과 하는 인생이 있고, 먹을 음식만을 찾는 이들이 있다. 사실 난 책과 함께하면, 배가 고픈지도 모르고 책 읽기에 몰입하게 된다.

그렇게 해 나가는지도 수년이 되었다. 여러분들이 하루도 놓치지 않고 책과 함께하겠다고 나와 약속하자. 그럼 끝까지 함께 가자. 내가 최대한 길잡이가 되어주리라.

다시 한번 재확인시켜준다. 정신장애는 정신장애인이 잡는다.

이렇게 정신장애는 불치병이 아니라는 것을 확인시켜주자. 앞으로 AI인 공지는 시대가 온다. 분명한 것은 정신건강 사회복지사 직업은 어떤 시스템이든 가로채지 못할 것을 확신한다. 여러분도 할 수 있다.

꼭 정신건강 사회복지사가 되지 않더라도 할 수 있는 것은 많다. 그러니 기죽지 말고 어깨를 펴고 나아가자. 우리 정신장애인들은 세상이 넘볼 수 없는 그 무언가가 존재한다. 그것을 확실하게 믿게 해 주리라. 정신장애는 독서로 승화시키는 것만이 정답이다. 정신장애인들이여, 최고이다.

⬟ 독서는 내게 '희망'이다

　바로 어제 일이다. 퇴근길에 버스를 타고 오면서 책을 읽었다. 난 이 시간이 참으로 소중하다. 그런데 어젠 엄청 재밌게 책을 보다 그만 정류장을 지나쳐 버렸다. 종점까지 가서 다시 돌아왔다. 그래서 차비가 더 들어가진 않았다. 그걸 감사하게 생각한다. 사실 그렇게 정류장을 지나치지 않았다면 책을 다 읽을 수가 없었다.

　다행히 책을 다 읽을 수 있어서 참 기분이 좋았다. 어제 한 권, 오늘도 한 권 책을 읽어냈다. 하루 만에 책을 읽은 게 아니다. 조금씩 조금씩 매일 읽었기에 가능했다. 하루 만에 읽는 게 더할 나위 없이 좋겠지만, 하루하루 조금씩 읽으면 된다. 그렇게 쌓아가면 되는 거다.

　우리가 모두 책을 읽는 능력이 뛰어나면 좋겠지만 참으로 힘든 부분임에는 틀림이 없다. 그래도 내가 여러분께 해 주고 싶은 얘기는 책은 그렇게 시간을 끌게 되면 재미가 없다. 적어도 2~3일에 한

정신장애, 이길 수 있다

권 정도는, 아니 일주일이 걸려도 좋으니 꼭 책을 읽는 습관을 들이면 좋겠다.

그렇게도 습관을 들여 독서를 하라는 이유는 다른 거 없다. 분명 자기 자신이 발전하는 거다. 돈 한 푼 안 들이고 자기 계발을 할 수 있다는 것인데 안 읽을 이유가 없지 않은가. 여러분은 모두 책을 읽어야 할 의무 같은 게 있는 거다.

독서를 통해 얻어지는 뭔가 특별함이 존재한다. 그러니 열심히 책을 봐야 한다.

난 요즘 아침, 점심, 저녁으로 시간을 내어 독서 중이다. 아침엔 30분 정도 출근 버스 안에서 책을 읽고, 점심엔 한쪽에 가서 40분 정도 시간을 내 책을 읽는다. 또한 저녁엔 퇴근길 버스 안에서 독서를 즐긴다. 그렇게 난 하루에 2시간 이상 시간을 만들어 독서에 빠진다. 이 시간만큼은 나에게 꿀맛 같은 휴식이다. 그렇기에 좀 더 시간을 내서 책을 읽으려고 노력을 한다.

하루를 책으로 시작해서 책으로 마무리를 한다. 또한 책 쓰기도 강행한다. 아마 다음 주면 책이 완성되어서 원고를 넘기게 된다. 그렇기에 잘 짜인 각본에 의해 일이 착착 진행될 것이다. 아마도 늦어도 11월에는 책이 나오지 않을까. 그러기 위해서는 내가 컨디션을 최상으로 맞춰야 한다.

오늘도 한 꼭지를 써내고 있다. 오늘 회사에서 좋은 일이 있었다. 어떤 환자 보호자께서 나에게 개인적으로 거봉 한 상자를 주셨다. 이분은 거의 매일같이 아드님 물품을 가져다 달라고 부탁을 해왔다. 나는 내심 짜증을 내고 있었다. 그게 어머님께 전달되었나 보다. 참 미안했다. 어차피 내가 할 일이라면 기분이 좋게 해야 했는데 말이다.

반성도 하고 감사한 하루였다. 앞으로는 그분뿐 아니라 모든 분 심부름을 즐겁게 감당해내야겠다고 다짐을 한다. 오늘 하루는 참 길었다. 오전에 CCTV 확인으로 정신없이 보내고 오후엔 택배와 물품 전달을 하고 틈틈이 소독도 해야 한다. 코로나로 인해 할 일이 더 많아진 것이다. 이걸 내가 당연히 해야 할 일이라 생각된다.

오늘 하루가 길었다고 했는데, 아니 짧았다. 그만큼 내 몸을 50% 이상 써냈다. 그럼 된 거 아닌가. 앞으로도 최선을 일을 다 해내야겠다고 다짐한다.

반드시 우리 원무과장님께 인정받을 것이다. 오늘도 엄지 척을 올려주셨다. 참 우리 원무과장님도 애로사항이 클 것으로 생각된다. 그러니 내가 더 열심히 뛰어야겠다고 굳게 다짐한다.

독서에는 뭔가 특별함이 있다고 했다. 하루 스트레스를 한 방에 날려버릴 수 있는 최고 묘약이다. 이런 걸 내가 체험했으니 여러분께도 전파를 하고 싶다.

책을 통해 쉼을 얻고 새로운 에너지를 얻는 것은 당연한 일이다.

정신장애, 이길 수 있다

단언컨대, 책은 내 몸과 밀착시켜 놓고 있어야 한다. 바로바로 꺼내어 볼 수 있는 여건을 만들어라. 그리고 마음가짐도 책을 가까이하라. 언제는 마음속에서 꺼내어 볼 수 있는 상황을 만들어야만 한다.

책은 우리에게 기적을 선사해 준다. 지식을 쌓게 도와주는 데 꼭 필요한 곳에 쓰이기 마련이다. 사람은 책을 만들고, 책은 사람을 만든다고 하지 않았는가. 우리는 반드시 책을 읽는 자라면, 책도 써보는 게 당연한 이치다. 뭘 바라겠는가. 책을 쓰고 이름을 날린다는 거 말이다.

인생에는 속도전이 필요하다. 인생을 빠르게 진행해야 한다. 인생이 왜 이렇게 느리기만 할까? 그건 우리가 너무 편하게 주어진 일만 해내고 있는 데 있다. 평소에 3배로 시간을 활용할 수 있어야만 한다. 그래도 지치지 않는 하루를 보내야만 한다. 우리는 하루에 에너지를 쏟아부어야 한다.

그럼 반드시 성공으로 가는 지름길 만나게 된다. 우리 인생은 도전하는 자들 것이다. 그러니 어렵게 볼 게 하나도 없다. 내게 주어진 시간을 쪼개고 쪼개서 책을 읽고 책을 쓰면 된다. 우리는 이렇게 출판업계에서 최고가 되는 책을 만들어내야 한다.

그래야 더 많은 이들이 책을 쓰는 데 시간을 내고 실행에 옮기게 된다. 어려울 거 하나도 없다. 정신장애로 힘들어했던 나도 하고 있으니 말이다. 여러분은 좀 더 가까이에 성공문이 열리게 된다. 준비된 자만이 기회를 잡는 법이다.

여러분들 열정과 패기를 존중한다. 여러분은 먼저 주위를 환기하고 새로운 방법을 찾아내야 한다. 보물섬을 찾듯이 말이다. 그렇게 하기 위해선 성공 설명서가 필요하다. 그러니 우리는 책을 읽어야 한다. 책에는 여러 가지 길을 제시한다.

우리 인생길을 보여주기도 하고, 지금 상황을 이겨내는 지침서도 함께 동봉하고 있다. 우리네 인생은 똑같이 주어진다. 단지 금수저와 흙수저로 나뉜다.

그런 거 아무 소용없다. 오히려 흙수저로 태어나서 금수저 되는 게 쉬울지 모른다.

왜? 그만큼 부는 노력하는 자에게 함께 한다는 거다.

그 어떤 아픔이 있어도 이겨낼 힘만 있으면 되는 거다. 나쁜 게 존재한다면 좋은 것도 존재한다. 우리는 어떻게 좋은 것만 보고 좋은 일들이 가득할 것이라고 말하는가. 그건 틀린 말이다. 안 좋은 일도 있을 수 있고 좋은 일이 가득할 수 있는 문제이다.

설마 안 좋은 일만 있을 수 있으랴. 반드시 안 좋은 일이 생기면, 좋은 일도 눈앞에 기다리고 있다는 거다.

그렇기에 우리는 어둠에 갇혀 절망할 필요가 없다. 어두운 터널이 어둠으로만 끝이 나던가. 아니다. 언젠가는 빛이 눈앞에 나타나

정신장애, 이길 수 있다

게 되는 것이다.

그래서 우리는 인내심을 갖고 기다려야 한다. 물이 99도까지는 끓지 않다가 100도가 돼야지만 끓듯이 우리는 진정 끝까지 가야 한다. 그럼 우리 함께 가자. 반드시 좋은 일이 있을 거라고 확신한다. 설마 끝까지 노력했는데 절망으로 끝이 날까? 드라마를 봐도 영화를 봐도 주인공은 끝까지 살아남는 경우가 많고, 해피엔딩으로 끝나는 경우가 대다수다. 우리도 마찬가지다.

우리 자신들이 주인공인데 어떻게 망할 수 있단 말인가. 우리가 모두 주인공임을 내가 선포한다. 우린 모두는 성공할 자격이 있다. 물론 선한 사람들 한해서다.

악한 자들은 반드시 망하게 되고, 착한 사람들은 반드시 부를 누리며 성공하게 되리라.

그걸 믿어라. 지금 당신이 우울하고 암울한가. 주님께 기도하자.

기도만이 살길이고, 비단길이 된다. 당장 기도했다고 상태가 호전되는 것은 또 아니다. 서로에게 맞는 사람은 있다. 그들과 진실한 대화를 나누자.

그럼 그 친구가 내 얘기를 경청해 줄 때 반드시 울컥하게 된다. 그럼 실컷 울어라. 그래야 마음이 청소된다. 당신은 울고 싶을 때가 있는가. 당신과 함께 울어 줄 사람이 있는가. 난 많은 이들을 위해 울어 줄 준비가 되었다. 반드시 난 누군가를 위해 같이 울어 줄 수 있는 사람이다.

독서는 내가 희망이다. 아니 독서는 누구에게나 희망이다. 절망과 희망 중 무엇을 선택하겠는가. 반드시 희망을 선택할 것이다. 우리 모두 함께하자.

미래는 선한 이들이 쟁취하게 된다. 이제 하나님이 나서실 때이다. 우리는 지금 전쟁 중이다. 그런데 이 전쟁도 하나님께 속해 있어야 했다. 우리는 그저 하나님 도구로 사용될 뿐이다.

정신장애, 이길 수 있다

♦

백전백승이 되는 꾸준한 독서

오늘은 토요일 격주로 근무하는 날이다. 요즘 참 감사할 일이 많다. 병원에서 일하면서 많은 사람이 부탁하는 일을 해 주고 있다. 연세 드신 분들이라 잘 못하시는 경우가 있다. 예를 들어 요즘 유행하는 블루투스 무선 이어폰을 스마트폰과 연결해 주는 작업을 대신해 준다.

그럼 다들 고마워해 주신다. 모바일로 쇼핑도 해드리고, 음식까지도 시켜드린다. 난 이렇게 심부름해 주는 게 너무나 재밌다. 남들이 못하는 것을 해 주면 내 안에서 좋은 향기가 나는 듯하다. 좋은 일 해 주고 고맙다 인사해 주면 그걸로 족하다. 이렇게 내가 살아가는 방식이다. 남이 모르는 것을 가르쳐주니 나도 감사하다.

앞으로도 더 많은 분이 부탁해올 것이다. 그럴 때마다 나도 배우면서 알려드리는 게 내가 바라는 보람 같은 거다. 그렇게 해서 한 걸음 성장하게 된다. 정말 내가 이제는 많은 이들에게 정보를 주고 가르치는 사람이 참되어지고 싶다. 바른 인성에 대해서 또한, 전문적인 기술까지도 말이다. 요즘에도 난 계속해서 하루도 거르지 아니하고 책을 읽고 있다.

요즘은 조영석 대표의 『이젠, 책 쓰기다』에서 책을 어떻게 써야 할지 방향을 잡고 있다. 어떻게든 이번엔 출판이 될 것을 예상하고 써낸다. 정말 책을 쓰기 위해서는 꾸준한 독서가 필요하다.

책을 통해 정보를 쌓고, 책을 쓰는 방법을 깨달아가고 있다. 수많은 정보를 독서를 통해 알아가고 있다. 좀 더 열심히 좀 더 최선을 다해 책을 읽으리라고 다짐한다. 책을 읽는 이유는 두 가지로 요약한다.

첫 번째로 간접적인 경험으로 넓은 세상을 보기 위해서다. 내가 많은 일을 직접 경험하는 것이 더할 나위 없이 좋지만, 그게 안 되면 간접적으로라도 경험하면 두루두루 좋다. 두 번째로는 독선을 피하기 위해서다. 자기만 알고, 개인주의로 빠지게 되는 것을 막기 위해서 말이다.

이 이야긴 함께 일하고 있는 최종학 선생님께서 해 주신 말씀이다. 말씀하심과 동시에 받아 적었다. 내 마음도 그렇다. 정말 나쁜 개인주의가 되기보다는 남을 더 생각해 주고 배려하는 인생을 살길 원한다. 남이 불편하고 마음이 아픈 이들에게 친구가 되어주려고 한다.

정신장애, 이길 수 있다

왜? 내가 아파봤고, 불편한 마음으로 살아왔기에 그들을 차마 그냥 볼 수가 없어서이다. 세상에는 너무 아파하는 이들이 많다. 그들을 위해 한평생을 바치고 싶다. 특히 정신적으로 아파하는 이들과 친구가 되고 싶다.

주님, 간절히 기도합니다. 제가 빨리 성장해서 저와 같이 심적으로 힘들어하는 이들에게 위로가 되는 진정한 치료를 하고 싶습니다. 제발 저를 일으켜 세워주소서. 제가 죽어가는 저들을 살리는 일을 감당해내겠습니다.

내가 바라는 간절한 기도이다. 나 한 사람이 변화를 통해 새롭게 세워져 가는 세상이 제대로 된 세상이 되리라. 내가 바뀌어야 주위도 변한다는 것을 잊지 마라. 그런 삶을 살아내야 한다. 참으로 견디고 또 견뎌내라. 정말 아름다운 세상이 온다. 이 땅에서 천국을 누리는 삶이 되어야 한다. 결코 넘어질 수밖에 없는 인생들이지만 주님께서 굽어살피신다. 나도, 당신도 하나님 자녀임을 잊지 말자. 나를 세우신다면, 여러분도 당연히 세워주신다. 세상은 혼자만이 잘 나간다고 되는 세상이 아니다. 진정으로 하나님께 의지하는 자만이 성공을 꿈꿀 자격이 있다.

정말로 내가 원하는 세상이 있다. 세상이 점점 개인주의로 가는 경향이 있다. 이런 일도 있다. 아파트 당첨을 위해 아이를 입양했다가 계획대로 되었을 때 아이는 이제 내팽개쳐 버리는 극악한 행동이 나온다. 너무나 심각한 얘기다. 정말 문제는 돈이다. 돈을 위해서 벌어지는 혈투이다. 어떻게 하면, 나 자신이 이런 극악무도한 세상을 보고도 모른 척하겠는가.

나는 그런 걸 내심 마음 아파한다. 그런 상황이 벌어지지 않았으면 한다. 바로 언젠가는 그런 추악한 범죄로 인해 심판받을 거다. 정말 그런 죄들이 사라졌으면 한다.

이 세상은 반드시 부익부 빈익빈 세상이 도래한다. 잘 사는 사람 아니면, 못 사는 사람으로 극명하게 나뉘게 된다. 그러기 전에 준비하지 못하면, 끝내 빈곤으로 전락하게 되어 있다. 그럼 도대체 무얼 준비해야 하는가. 그건 더 뒤에 다루도록 하겠다. 지금은 독서 이야기를 하려고 이렇게 장황하게 얘기했다. 문제는 우리가 얼마나 독서를 꾸준히 하는 것에 달려있다. 어쩜 우리는 독서를 정말 귀찮은 존재로 여긴다.

그거 한다고 상 주나 하지만, 반드시 상을 주신다. 누가? 주님이시다. 주님은 성경책뿐만 아니라, 일반서적도 끊임없이 읽어내길 바라신다. 그러니 우리는 꾸준한 독서가 필요하다.

반드시 해내야만 한다. 독서 습관은 내가 만들어간다. 누구나 처음은 힘들다. 그러나 열정만 있다면 반드시 성공하는 습관이 된

정신장애, 이길 수 있다

다. 우리는 책을 읽은 것만으로도 외로움을 달랠 수 있고, 더불어 많은 것들을 얻어낼 수 있다. 어떻게 보면, 정신장애를 가진 이들이 책에 더 집중하고 읽을 수도 있을 것이다. 어차피 혼자인 인생 책에 더 집중하면 뭔가 되지 않을까.

우리가 할 수 있는 것은 여하튼 독서이다. 이것을 그냥 넘기지만 말고, 실천하라. 그럼 문이 열린다. 어떤 것이든 습관으로 만드는 것이 어렵지. 몸에 체득이 되면 아주 쉬운 일이 된다. 그러니 여러분 모두 꾸준한 독서를 만들어가시길….

분명한 것은 책을 읽는 그것만큼 더 좋은 취미는 없다. 아니 독서는 특기가 될 수 있다. 그리고 독서라는 벽을 넘어 책을 쓰게 되는 나날이 될 수 있다. 그러니 우리가 모두 책을 읽는 지성인이 되어야만 한다. 삶이 절박할 때 인생 책을 만났으면 참 좋겠다. 그럼 평생을 책을 놓을 수 없는 삶을 살게 되는데 말이다.

그럼 도대체 책을 읽으면 뭘 기대할 수 있으랴. 그건 인생이 바뀌게 된다는 것이다. 이것은 틀림이 없다. 반드시 각자 자신이 느끼게 되었으면 한다. 어떤 인생이건 중요하지 않은 인생이 없다. 그러니 모두가 축복받을 만한 존재이다. 그렇게 책은 우리에게 강력한 무기가 된다.

나도 하루 빠짐없이 책을 읽는다고 했다. 책은 밥을 먹듯이 봐야 한다. 책은 마음 양식이 된다고 하지 않았는가. 그러니 책은 가까이해야 한다.

어떤 삶이든지 우리가 꼭 성공으로 가져가야 한다. 어떤 목숨이든 소중하지 않은 사람이 없다. 꾸준한 독서만이 살길임을 인식하라. 그럼 여러분에게 득이 되는 인생이 된다. 아니 평생을 좌우할 만한 귀한 행동이다. 그렇게 해서 책을 내 친구로 만들어라. 그럼 반드시 내게 복이 되어 돌아온다.

너무나 어려운 인생을 살아온 나지만, 나 스스로 내 인생을 만족해한다. 왜? 지금까지 주님은 나에게 많아질 것을 허락하셨다. 그러니 여러분도 자신이 해야 할 일들을 꾸준히 해 나가야 한다.

내가 그토록 주장하는 꾸준한 독서만이 살길이고, 인생을 역전할 수 있는 고마운 존재이다. 지금까지 많은 이들이 책을 써냈다. 아직 꽃을 피워보기도 전에 묻혀버린 책들이 많다.

그 작가들도 최선을 다해 쓴 책들이다. 책을 평가한다는 게 참 어렵다. 어떤 책들이 잘 된 책인지도 모르겠고, 앞으로도 더 연구해야 한다.

나도 이렇게 책을 쓰게 되기까지 많은 시간이 지났다. 그러나 난 지금 인생을 아주 즐기고 있다. 어쩌면 난 이렇게 많이 참아가며, 인생을 즐기라고 늦게 공부에 틔었는지도 모르겠다.

이런 경우가 더 의미가 있으리라. 처음부터 공부를 잘하고 했더라면, 정말 재미없는 세상을 맞이하지 않을 수도 있다. 그래도 난

정신장애, 이길 수 있다

도전했다. 꾸준한 독서를 말이다.

앞으로도 하루도 빠짐없이 읽어내리라고 다짐한다. 꾸준한 독서만이 자기 계발이고 성공 조건이 되는 것이다. 어떤 인생에도 마주치는 독서가 여러분에게 정말 좋은 선택이 되길 바란다.

여러분이 저를 알아주고 나도 여러분을 알아주는 시대가 오길 간절히 기대한다.

진정 여러분이 내 말을 그냥 넘기지 않으리라고 믿는다.

백전백승으로 꾸준한 독서를 하는 여러분을 응원한다.

책이 주는 선한 마음

만약 책이 없는 시대에 살았더라면 어떤 삶을 살았을까? 참으로 무기력하고, 생각하기도 싫은 상황으로 치달을 것이다. 죽어도 생각하기 싫다. 그렇기에 책에 감사하고, 온전하신 하나님께 감사를 드린다. 책이 주는 영향력은 이루 말할 수 없다. 책이 주는 힘은 막강하다.

어떤 상황에도 대입해서 나쁠 게 없다는 거다. 바로 책은 그런 존재이다. 책을 성격으로 표현한다면, 차분하다. 책을 읽는 사람들은 차분하고, 또한 정직하며 선하기까지 하다. 그런데도 책을 놓치고 살 것인가. 책이 주는 선한 마음은 얼마든지 미치게 만드는 마법 같은 책임을 잊지 마라. 책이 주는 교훈은 다양하다.

책은 마음 양식이다. 그렇기에 밥을 먹는 것과 비슷하다고 할 수 있다. 그러니 우리는 모두 책과 함께 살아야 한다. 그렇기에 우리가 책에서 얻을 수 있는 많은 것들을 놓치면 큰일이다. 그러니 우리는 반드시 책과 함께 세상을 이겨내야 한다.

책에서 우리는 선한 마음을 얻을 수 있는데, 정말 정직한 마음을 선택할 수 있다.

세상에서 책이 주는 것은 너무나도 많다. 책의 유익함은 이루 말할 수 없다.

독서를 통해 우리는 세상 밖으로 향해 갈 수 있다.

책이 동행해 주기 때문에 두렵지 않다. 세상을 향해 나아간다는 것은 전쟁과도 같다. 그런데도 가야 한다면 책과 함께해라. 그럼 반드시 승리하게 된다. 오늘도 코로나19와 맞서 싸우는 이들이 적지 않다. 의사며, 간호사들이며 얼마나 힘이 드는가. 그들의 노고는 이루 말할 수 없다. 그들에게 응원 메시지를 보낸다. 고지가 얼마 남지 않기를 바란다.

더욱더 힘을 내서 이 상황을 이겨내리라 믿는다. 아직 병실이 모자란다고 말한다. 각 관련 병원들이 협조를 잘해서 이 난국을 이겨내길 바란다.

책을 통해 우리는 세상을 알아가야 한다. 그렇지 않으면, 정말 힘든 시기를 보낼지도 모른다. 독서를 생활화하지 않는다면, 정말 정신장애를 이겨내기란 여간 어렵지 않을 것이다. 그렇기에 우리는 정녕 승리해내는 독서가 필요하다.

독서가 주는 유익을 여러분이 직접 체험해 봤으면 한다. 몸으로 직접 체득하는 것이 가장 이상적이다. 내가 뭐 대단하다고 떠드는 것보다, 직접 체험하는 것이 훨씬 나을 수가 있다. 정말이지 직접 책도 읽고, 책도 쓰는 생활로 접어들어 보자.

여러분이 가장 좋아하는 장르를 선택하고 책을 골라라. 그럼 진정 책에서 말하는 유익을 경험하게 된다. 독서를 하면 끝없이 말을 하고 싶어 하는 병이 생긴다. 내가 책을 쓰는 이유 중 하나는 누군가에게 말하고 싶어서이다. 간절하게 바란다. 내 얘기를 끊임없이 들어주고 호응해 주는 사람들을 만나고 싶다. 그리고 그런 배우자도 만나고 싶은 거다. 그럼 남은 삶이 정말 행복하리라 믿는다.

어떤 삶이든 간에 중요하지 않은 삶이 있던가. 모든 인생이 중요하듯 많은 책 저자도 목숨을 걸고 책을 쓰게 된다. 그런 책들을 애써 외면하고 있지 않은가.

작년에 난 진로 적성검사를 받았다. 그런데 내가 대인관계 즉, 사회성이 상위 1%에 든다는 결과를 얻었다. 그래서인지 지금 일하고 있는 병원에서 많은 사랑을 받고 사랑을 하고 있다.

많은 이들이 나를 도와주고 있다는 생각이 든다. 그중 이경수 주임님께 감사를 드린다. 항상 나를 응원해 주시는 분이다. 심지어 나를 사랑한다고 말해 주신다. 너무 감사한다. 평소에 직장생활 지혜를 주시는 분이다. 내가 사람들과 관계가 힘들어 보이면 옆에 와서 지혜를 주신다. 이 자리를 빌려 감사함을 전한다.

어떤 상황이든 간에 내가 주가 돼서는 안 된다. 항상 내가 낮추기를 원하신다. 더욱더 겸손해지는 사람이 되고 싶다. 그런데도 그렇게 안 될 때가 많다. 그러니 참 마음이 아프다. 더 넓은 가슴으로 사람들을 더 끌어안아 주고 싶은데 난 그만큼 마음이 넓지 못한다.

이번 책 쓰기를 통해 난 새로워지려고 한다. 반드시 내 모난 성격을 고치고 말리라고 다짐한다. 어떻게든 내 모난 성격들을 버리고, 좋은 성격 그대로 채우리라.

그 모난 성격 때문에 손해를 보는 경우가 많다. 그래도 난 지금까지 잘 견뎌냈으리라. 우리는 타고난 성격을 바꾸기란 어렵다고 말한다.

그러나 책을 읽고, 책을 쓰는 사람은 뭔가 다르다. 다르다고? 그럼 뭐가 다르다는 것인가. 책을 읽고, 저자들 삶을 보고 바뀌기를 소망한다. 그럼 진짜 내가 그렇게 바뀌고 있는 나 자신을 발견하게 된다. 어떻게든 저자들을 모방하고 싶고, 좋은 것들을 내 것으로 바꾸는 작업을 이겨낸다. 사람이 갑자기 변하면 죽는다는 말도 한다.

그런 그거하고는 차원이 다르다. 다른 좋은 사람이 행동하는 것을 모방하는 것은 참으로 바람직하다. 어떤 사람을 좋아하거나 해도 그 사람을 모방하고 싶은 마음은 누구나 같은 마음이다. 난 내 부족한 부분을 바꿔 나가는 작업을 좋아한다.

앞으로도 바꾸려고 노력을 할 것이다. 난 지금까지 책을 읽고, 많은 부분이 바뀌었다. 이렇게 책을 읽고, 책을 쓰는 것만 해도 그렇다. 정말 책이 아니었으면 나 자신이 어떻게 살아낼지 막막하다. 그래서 오늘도 책을 반 권 정도 읽었다. 하루하루를 책으로 채워내고 있다. 앞으로도 매일매일 책으로 하루를 보낼 것이다. 내가 살아있는 한 책을 읽고, 책을 쓰는 작업을 게을리하지 않으리라. 하루 하나씩 내 삶을 바꾸기 위해 노력하겠다는 거다. 바람직한 독서를 한다면 반드시 난 승리한다. 정말 난 독서가 주는 비밀을 알고 있다. 이미 충분히 여러분과 공유하고 있다. 그러니 아직 끝나지 않은 내 책을 끝까지 봐줬으면 한다.

여러분들 관심 집중이 필요하다. 그래야 다음 작품도 더 빨리 나올 수 있기 때문이다. 여기서 성공 포인트 하나 더 잡고 가자. 그건 할 수 있다는 믿음과 함께 감사하는 삶이다. 긍정적인 마음과 감사로 세상을 살려면 반드시 독서가 답이다.

독서를 통해 배우는 삶을 실천함으로 승리하는 삶을 살아내야 한다. 어떤 삶으로도 채우지 못하던 삶을 우리는 독서로 끝내는 그것이야말로 승리다. 그건 바로 내가 인생을 잘못 살아서가 아니다. 어차피 세상은 혼자일 수밖에 없다. 그래도 희망에 차도 좋다. 우리가 비록 혼자일지라도 독서를 통해 외로움을 달래면 되는 것

정신장애, 이길 수 있다

이다.

어떤 삶이든지 우리는 결코 축복받지 못한 인생은 없다. 그러니 후회도 말고 슬퍼하지 마라. 언젠가는 모든 세상 사람들이 하나로 묶이는 세상이 온다.

그곳은 부모·자식 간 관계도 없으며, 부부로 성립되는 관계도 없다. 오로지 형제로 묶이게 살아가는 삶이 된다. 그러니 우리는 결혼을 못한다 해도 너무 낙심하지 마라. 우리는 모두 어차피 가족이고 형제이기 때문이다.

정말 책이 주는 선한 마음을 선물로 가져가길 바란다.

우리는 책이 주는 선한 마음 하나로 뭉쳐지는 인생으로 묶이게 된다.

분명히 내 책을 통해 독서를 시작하는 이들이 많아졌으면 한다. 그럼 난 더 바랄 게 없을 것 같다. 앞으로 여러분에게 어떤 책을 주든 끝까지 읽어버리는 마법 같은 독서를 맞이하게 되리.

진정 독서로 승리하는 여러분이 되길 간절히 바라본다.

책 읽는 삶, 승리하는 삶

이번 주도 난 책과 함께했다. 여러분에게 얘기했듯이 요즘도 한 주에 2~3권가량을 읽고 있다. 책을 통해 마음을 열고, 세상을 바라본다. 누군가가 경험한 것들을 나도 직접적이진 않지만, 간접적으로 경험하고 내 것으로 승화시킨다.

책이 주는 고마움은 이루 말할 수가 없다. 마음이 평안해지는 마법 같은 독서야말로 최고 취미생활인 셈이다. 나 같은 경우는 책 읽기가 특기고, 책 쓰기가 취미다. 이제부터는 책 쓰기도 특기로 만드는 작업을 하고 있다. 책을 내는 것이 내 목적이고 꿈이다. 그 어떤 취미보다 좋다고 자신이 있게 말할 수 있다. 정말 환상적이라고 자신이 있게 말할 수 있다. 그렇기에 우리는 모두 책을 읽었으면 하는 큰바람이다.

정말 술을 마시고 싶거나, 담배를 피우고 싶을 때 책을 잡는 건 어떤가. 참 고려할 만해서 권한다. 우리가 모두 책을 읽는 삶을 살

정신장애, 이길 수 있다

아내야 한다. 그것만이 우리가 잘 사는 나라가 되는 동기가 된다. 담배, 술 이런 거 집어던져라. 정말 그럴 시간에 책을 통해 상상을 초월해가는 삶을 살아냈으면 한다. 진정, 책은 얼마나 우리에게 유익한가에 대해 말해 주고 싶다. 숫자상으로 통계적인 도표를 내세워 보여주고 싶다. 그러나 지금은 그렇게 보여줄 수 있는 시각화되는 것들이 없으니 안타까울 뿐이다.

정말 내가 다음 책을 쓸 때는 뭔가 시각적으로 증명할 수 있는 뭔가를 보여주었으면 한다. 누가 통계를 내든 정확한 표를 제시했으면 한다.

사실 오늘 새벽 어머니께 전화 한 통이 왔다. 작은외삼촌이 병원에서 사망 직전이라는 연락을 받은 것이다. 정말 많이 놀랐다. 뇌출혈이라고 한다. 뇌혈관이 살짝 터져서 고였다는 것이다. 다행히 시술로 마무리되었지만, 지금도 중환자실에서 집중 치료 중이라 한다.

새벽에 다들 놀랐다. 우리 네 가족 모두가 있었고, 어머니와 동생이 동행하여 병원에 다녀왔다. 병원비를 마련하려면 참으로 어려운 상황이다.

그러나 이번 문제도 잘 해결해 나갈 것이다. 하나님께서 돌아오라고 외삼촌에게 마지막으로 전화를 하시는 것 같다. 빠른 시일 내에 깨닫고 하나님과 동행하면 살아샀으닌 좋겠다. 이떤 삶이든 중요한 인생이 아닌 경우가 있던가. 외삼촌 삶도 축복된 인생이 되리란 믿는다. 기도한다.

제발 이번을 계기로 하나님께 스스로 걸어 들어가는 역사를 보게 되었으면 한다. 다시 책을 읽어야 하는 이유를 말한다. 책은 우리 정신을 지배할 수 있다. 어떤 책을 읽느냐에 따라, 인생이 크게 달라질 수 있다는 것을 명심하라. 반드시 책은 우리를 배신하지 않는다.

그러니 우리는 책을 사수해야 한다. 책을 온전히 내 마음속으로 받아들여 한 함을 잊지 마라. 반드시 우리에게 책을 사람도 살리는 도구가 된다. 그러니 책을 우습게 보지 않았으면 한다. 위에 언급한 우리 삼촌도 스트레스를 담배와 술로 푸는 것이 아닌 책을 읽는 데 에너지를 쏟았다면 어땠을까? 물론 담배와 술을 한다고 다 병에 걸리는 건 아니라 했다. 그래도 어느 정도는 영향이 있었으리라 생각한다.

모든 과하면 병이 된다. 사실 내가 책을 읽는 것도 힘들 때가 있었던 게 사실이다.

그때마다 책을 아예 놓지는 않았다. 끝까지 책을 놓치지 않기 위해 발버둥 쳤다.

이렇듯 책은 우리에게 병을 고쳐주는 약이 될 수도 있고, 스트레스 또한 이기게 한다. 그러니 우리는 책에서 무한한 감사를 해야

정신장애, 이길 수 있다

한다. 물론 책은 사람들이 쓴다.

"사람이 책을 만들고, 책이 사람을 만든다"라는 말에 무척 공감한다. 분명히 책은 우리 인생을 바꿔주고 가꾸어준다. 책은 우리 인품을 변화시키기도 한다. 그래서 난 책이 좋다. 내 안에 좋지 못한 인성을 바꿔준다. 그래서 난 책을 한순간도 놓치고 싶지 않다.

그러니 여러분들이 책을 가까이했으면 좋겠다. 반드시 책은 우리를 배신하지 않는다.

어떤 나라, 세계를 가던지 책은 반드시 존재한다. 그렇다. 그만큼 책은 우리와 밀접한 관계에 있다.

책 한 권을 만나는 것이 친구를 하나 사귀는 것과 비슷하다고 말하고 싶다. 책에서 저자가 온전한 자신 삶을 그대로 드러낸다. 그러니 그 사람이 어떤 주장을 하고 어떤 생각을 하는지 그대로 보인다. 각 책 저자들 성격과 행동을 보고 모방할 수 있다. 내가 이런 성품이었으면 좋겠다고 해 보자. 그럼 그들 삶을 좇아 하다 보면 자연스럽게 내 몸에 체득이 된다.

책을 통해 우리는 마음이 건강해진다. 책은 우리를 변화시킨다. 그런데도 우리는 왜 책을 멀리하게 되는가. 예전보다 더 책을 읽는 빈도수가 줄어들고 있는 게 현실이다. 참으로 안타까운 현실임에는 틀림이 없다.

난 앞으로 어떻게든 우리나라 국민이 책을 가지고 다니며, 버스·

에서 지하철에서, 아니 걸어 다니면서까지 책을 읽는 사람들이 넘쳐 남을 상상한다. 그렇게도 내가 열망하는 바람이다. 간혹 지하철에서 책을 읽는 사람을 보게 된다. 그걸 보고 있으면 내 마음이 흐뭇해진다. 그리고 그 사람에게 다가가 고맙다고 말해 주고 싶다.

그리고 친구가 되고 싶다. 그렇게 책을 열심히 읽는 이들과 대화를 나누고 싶은 것이다. 내 주위엔 책을 읽는 사람이 드물다. 예전처럼 동아리 모임을 마음대로 할 수 없는 상황이다.

그렇기에 더 이상 책을 읽는 사람들을 만나기란 너무 어렵다. 사실 난 지하철에서 스마트폰으로 고스톱을 치고, 게임을 하는 이들을 정말 그렇다. 그 소중한 시간에 책을 읽으면 얼마나 좋으랴. 지식도 얻고 지혜를 얻는 삶을 놓치고 있다. 참으로 안타깝지 아니할 수 없다.

우리는 끊임없이 자기 발전을 위해 노력해야 한다. 책 한 권으로 인생을 바꿀 수 있다. 그런데도 우리는 실천하지 않는다. 우리가 책을 읽으면 좋다는 것은 다 안다.

그래도 우리는 그걸 망각한다. 책을 읽으면 졸린다고 한다. 물론 그럴 수 있다.

그럴지라도 우리는 책을 소중히 해야 한다. 책을 무슨 라면 냄비 받침대로 전락해서는 아니 될 것이다. 그럼 어떻게 책에 접근해야 하는가. 그건 정말 어렵다.

정신장애, 이길 수 있다

마음만 먹는다고 책을 읽을 수는 없는 거다. 그래도 책을 읽는 습관은 자신이 만들어내야 한다. 그래야 정말 자신에 맞는 독서 생활을 할 수 있다.

책을 읽는 방법은 무수히 많다. 정말 화가 날 때도 있다. 책을 읽는 게 그리 힘들까 하는 생각이다. 그럼 어떻게 도대체 책을 읽을 수 있는 환경으로 만들 수 있다는 건가. 그게 나도 궁금하다. 나도 책을 읽는 것은 지금도 힘들 때가 있다.

그래도 우리는 책을 만나야 한다. 그래야 마음과 정신을 바르게 할 수 있다. 책을 통해 인생이 바뀌는 경험을 해 보지 못했기에 이런 결과가 나오는 듯하다. 책을 선택하는 자만이 삶에 승리하는 삶으로 바뀌게 된다. 우리는 그걸 변화되고 성화에 이르게 된다고 말할 수 있다.

여러분들은 성공하시는 걸 간절히 바랄 것이다. 그럼 반드시 책과 친해져야 한다.

그런 삶을 이겨내야 한다. 여러분이 간절히 소망하는 것을 책에 질문을 던져라. 그럼 정녕 책이 내게 대답해 올 것이다.

그러한 상황들을 연출해내는 기술을 터득해야 한다. 절망 중에 책을 쥘 수도 없고, 뭔가를 이루기에도 늦었다고 말하는 이들도 있을 걸로 보인다. 그러나 중요한 것은 내 생각이 무척 중요하다. 나 자신이 할 수 있다고 말할 때 꿈은 이루어진다.

그것을 믿고 도전하라. 책을 차근차근 한 권, 한 권 읽어내라. 어느새 성공으로 들어가는 문 앞에 서 있게 되고 들어가는 기회를 맞이하게 된다.

여러분 모두 성공으로 마지막에 웃는 사람들이 되길.

5장

목표를 들고
도전하라!

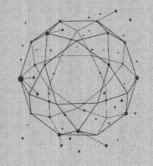

◆

영적인 꿈과 육적인 꿈

놓치고 싶지 않은 나의 꿈, 나의 인생이 있다. 그건 바로 두 가지 유형으로 나뉜다. 영적인 꿈과 육체적인 꿈이다. 영적인 꿈으로는 '세계선교 허브센터'를 건립하는 것이다. 이것은 과연 어떤 꿈인지 의아해하는 이들이 많을 테다. 한마디로 세계선교를 하나로 통합하는 시스템이다.

첫 번째로는 인력을 양성하는 것, 두 번째로는 물질을 한곳으로 통합하는 것이다. 이렇게 선교를 하나로 통합하는 시스템을 말한다. 이건 20년 전부터 이 계획에 대해 기도하게 하셨다. 이를 이루기 위해 기도로 준비하고 있다. 아직 구체적으로 내세울 만하게 이루어진 것은 아무것도 없다.

그러나 이것들을 위해 본격적으로 나설 때임을 인지하고 있다. 앞으로 내가 이 책을 세상에 내놓게 되면 보다 구체적으로 이루어질 테다. 이제 함께 할 사람들을 하나로 모을 때가 온다.

뜻있는 자들과 만나 일을 감당해내고 싶다. 그러기 위해서는 건물이 필요하다. 이것도 오래전부터 계속해서 기도하고 준비를 해왔다. 지금 내가 사는 분당구 백현동에 있는 '하나님의 교회'이다. 이곳이 분명 하나님께서 적어도 몇 년 안에 우리에게 선물로 주신다고 약속을 하셨다.

나는 이 건물에서 가치를 변화하여 성화되어가는 많은 사람을 만나고 싶다.

앞으로 많은 이들과 마음을 합쳐서 '세계선교 허브센터'를 세워가고 싶다.

내가 이미 알고 있는 사람들, 아니 앞으로 새롭게 만나게 될 소중한 인연들과 함께하고 싶은 것이다.

이곳에서 선교사를 파송하고, 물질이 필요한 어느 곳에든지 전해지는 것을 상상하고 있다. 진정 하나님의 손이 어디까지인지 기다려야 한다. 우리가 모두 힘을 합쳐서 이루어내야만 가능하다.

우리는 모두의 삶을 헌신해 하나님께서 기뻐하시는 뭔가를 이뤄내야 비로소 삶이 거룩해짐을 잊지 말자. 이 세상을 나 자신 개인주의로 몰고 가지 않았으면 좋겠다. 내 가족 내 형제만을 지키는 것이 아닌 하나님의 백성을 지켜야만 한다. 앞으로는 우리가 모두 힘을 합친다면 어떨까. 분명한 것은 하나님의 나라가 도래하기까지 단 1초라도 앞당기게 되는 쾌거를 이루게 된다.

정신장애, 이길 수 있다

'세계선교 허브센터'에서 우리는 우리 방식대로 교육하고 선교사로서 파송하는 시스템을 만들어가게 된다. 그리고 물질도 만들어 내는 방법들을 배워서 많은 비즈니스 시스템을 확립해 나가게 될 것이다. 이 말이 가능하긴 한 걸까? 의구심이 들지도 모른다. 내가 말하는 '세계선교 허브센터'라는 것은 무슨 말인가? 그건 바로 여러 가지로 집약된 교육센터라고 할 수 있다.

분명한 것은 센터는 '선교'라는 목적성이 내포되고 있다. 교육이란 것이 그저 선교사를 파송하는 그러한 선교사관학교, 뭐 그런 것으로 끝나는 차원이 아니라는 점을 명심했으면 좋겠다. 내가 말하고자 하는 것은 세상 모든 교육이 그곳에서 이루어지는 참 진리 교육센터이다. 더 구체적으로 말하자면 이렇다. 요즘 초·중·고는 물론, 대학 교육까지 그곳에서 모두 이루어지게 된다. 분명히 공적인 교육 정규과정을 끌어낼 것이다. 교육과정을 7년에서 8년 과정으로 마치고 바로 선교지로 배송될 수도 있고, 선교에 필요한 비즈니스 사업에 참여하게 될 것으로 보인다.

이러한 생각들을 그로 정리하기까지 너무도 힘든 시간이었다. 이걸 분명히 뜻이 맞는 이들에게 전해져 마음을 함께했으면 좋겠다. 세상은 앞으로 삶이 거룩한 자의 중심으로 돌아가게 된다. 이젠 여러 기업도 NGO 기업 형태로 변모해간다. 정말 세상 사람들이 중심이 되는 세상으로 변화될 것임을 확신한다. 여기서 다시 '세계선교 허브센터'에 대해서 다시 말하고자 한다.

또 하나의 목적성은 이것이다. 센터에서 우리는 세계적인 리더들을 발굴하는 것을 목표로 해야만 한다. 각 세상 각 나라에 제사장을 파견하는 목적을 강하게 내포하고 있어야 한다. 각 분야 엘리트들을 발굴해낼 것이다. 그래서 궁극적인 목표는 바로 세계통일을 일으키는 것이다.

그렇게 해서 하나님이 직접 통치하는 진정한 세상을 만들어내는 데 초점을 맞춘 것이다. 그것이 어떻게 가능하냐고, 그것은 분명한 목적성을 갖고 힘을 갖추면 가능해진다. 그러기 위해서는 우리 마음에 존재하는 이기적인 개인주의를 버려야 한다.

우리는 그렇게 되기까지 단 한 사람을 선택하고 훈련을 시키고 계심을 잊지 말아야 한다. '세계선교 허브센터'는 한마디로 말해 NGO 기업화되는 것을 말한다.

선교는 물론이고 더 나아가 무지에 있는 물질을 만들어내는 것에 중점을 두고 계발해 나가야 한다. 그러기 위해서는 여러분들이 가진 지혜와 물질을 하나로 모아야 한다. 그래서 우리가 빨리 그 길을 가려면, 그 건물이 우리에게 절대적으로 필요하다. 사실 요즘 시대에 그렇게 비싼 건물이 뭐 중요하냐고 물을 것이다.

그건 나도 잘 모르는 대목이다. 그럼 지금 사용되고 있는 화상회의 같은 것을 도입해 시도해 볼 수도 있지 않나 생각할 것이다. 그

정신장애, 이길 수 있다

러나 그것도 한계점에 도달할 것이다. 실질적으로 대면하고, 공감해야 하는데 화상회의로는 채울 수 없는 상황에 직면해 있다. 실로 그것들을 의논하고, 실행에 옮길 수 있는 인재를 만나고 싶다. 누군가는 물질을 후원해 주고 누군가는 지식으로 후원을 해 준다면 더 없는 감사가 된다.

부디 제가 쓰고 있는 책에 주목해 줬으면 한다.

이 이야기는 나만이 이기적으로 살기 위해 만들어내고 조작된 게 아니다. 분명 하나님께서 이렇게 초안을 만들어주셨다. 그걸 믿는 순간 조금 더 가까이 우리가 만들어갈 세상이 빨리 도래하는 것이다. 여러분이 이제 선택해야만 한다.

우리가 바로 이 세상을 우리 중심으로 끌어올 날이 멀지 않았다.

당신들도 이런 생각들을 하지 않았는가. 참으로 안타까울 뿐이다. 각자의 이기적인 마음 때문에 이렇게도 더디 세상이 전개되고 있다.

내가 바라는 것은 세상이 좀 더 질적인 교육을 선택해서 각자 자리에서 리더가 되는 세상을 바란다는 데 있다. 부디 제 생각을 외면하지 않았으면 한다.

그리고 여기서 말하고 싶은 게 있다. 진정 개인적인 육체적인 꿈이 하나 있다. 그건 바로 정신건강 사회복지사로서 활약하게 되는 나를 꿈꾼다. 그렇게도 소원하고 또 소원하는 바이다. 사실 이 책을 쓰게 된 목적도 이것에 있다. 바로 난 정신장애인들 난감한 일을 이해해 주고 치유해 주고 싶은 생각에서 출발했다.

앞으로 정신장애인들이 폭발적으로 늘어나게 된다. 그럼 나같이 실제로 병을 앓고 치유해가는 정신건강 사회복지사들이 꼭 필요해질 것으로 전망한다. 사실 내가 나름대로 책을 보고 연구하는 것은 바로 그렇게 힘들다는 정신건강 사회복지사로서 길을 가는 데 있다. 정신건강 사회복지사는 의사와도 맞먹는 대우를 해 준다고 한다.

그래서 난 절대적으로 이 과정을 견뎌내서 반드시 의사와 같은 이런 삶을 살고 싶다. 언제가 되던지 기회가 된다면 욕심을 내고 싶다는 거다. 이렇게 난 정신건강 사회복지사가 되어 많은 정신장애 환우들을 보살펴서 또 다른 정신건강 사회복지사로서의 길을 가게 하는 것이 목표이다.

이렇듯 여러분이 내 책을 읽고 있다면 불현듯 생각나는 게 있을 것이다. 그건 바로 교육이다. 영적인 꿈이던지 육체적인 꿈이던지 결국에는 하나로 만들어지는 뜻이고 길이다.

이런 상황들을 여러분과 공유하고 싶어서 이렇게 책을 통해서 하나님 뜻을 널리 전하고 싶었다. 여러분이 꼭 기억해야 할 것은 '교육'이다. 요즘은 단순히 돈을 벌기 위한 수단으로 쓰이는 '교육'이 남발한다.

우리는 반드시 각성해야 한다. 단순히 물질을 버는 것이 아닌 새로운 가치로 변모해가는 세상을 읽어야 한다. 돈을 벌기 위해서 단순히 부동산이니 주식이니 그런 거에 목숨을 걸지 마라. 그렇다고 내가 감히 부동산이니 주식을 부정하는 것이다.

누군가 말해 줬다. 민주주의 국가에서는 주식을 하는 것도 나쁘시다는 않고 말이다. 그러나 위험한 것은 사실이다. 그러니 모두 주의해서 선택한다 해도 나쁘지 않다고 말해 주고 싶다. 여러분 명심하라! '세계선교 허브센터'와 '교육'을 말이다. 세상은 반드시 참된 '교육'으로 판가름된다는 것이다.

●

인생을 걸어보다

나 자신은 이제부터 비상하기에 이른다.

더 나은 삶은 무엇인가? 단지 부자가 된다는 의미는 싫어. 그저 평안한 인생길 그것도 재미없어. 그럼 넌 어떤 삶을 원하니? 그건 바로 거룩한 삶 자체를 원해!

그럼 거룩한 삶은 어떤 삶이야. 이렇게 물어보는 나도 잘 몰라. 그래도 말해 보라고 하면 이런 것 같아. 지금 현재 너는 사람을 살리는 일을 마음을 대해서 하고 있는가. 물어보고 싶다. 나 자신 대답으로는 아직은 그렇지 못해. 그러나 이제 시작하려 한다.

이제부터 많은 이들을 위해 희생되는 그런 일을 하기 위해 달려가려 해.

그럼 당장 해야 할 일은 무엇인가. 내가 할 수 있는 건 이 세상을 변화시킬 수 있는 뭔가를 해야 하는데 말이야. 그건 차츰 해 나갈 거야. 내가 가진 강점은 늘 나 자신을 사랑하고 소중하게 생각하

정신장애, 이길 수 있다

는 자존감이 높다는 말이지. 그런 자존감을 높이기 위해서는 무엇을 어떻게 해야 하는 것일까.

내가 실행한 방법은 20대 시절부터 책과 함께했다는 거야. 많은 책을 읽어가면서 좀 더 하고 싶은 일들이 명확해진다. 앞에서도 말했듯이 난 정신건강 사회복지사가 되기 위해 지금보다도 더 책을 읽는 데 소비를 한다. 그리고 내년부터는 사회복지사 1급 자격증을 따려고 공부하기에 이른다.

내 꿈을 명확하게 하려면 국가에서 원하는 시스템에 합류하려고 한다. 반드시 내가 잡는다. 국가가 원하는 자격들을 갖춰서 언젠가는 흰 가운을 입고 분당 차병원을 활보하는 상상을 한다. 그렇게도 입고 싶었던 가운을 입고 환우들을 만나고, 대화하고, 위로하는 사회복지사로 거듭나기 위해 나는 오늘도 책을 쓰고 공부를 한다.

어떤 경우에도 시간을 허투루 보낼 수는 없는 상황으로 치닫고 있다. 마지막 기회라고 생각을 하고 준비를 한다. 요즘 난 매일 광주 재가 노인지원 서비스센터로 출근을 한다. 거기에서 나에게 맡겨진 일은 어르신 댁에 방문하여 상황을 살피는 모니터링이란 것을 감당해낸다. 아직은 운전이 완벽하질 않아서 센터장님 동행하에 다녀온다.

앞으로 이르면 다음 달 늦어도 다음다음 달이면 스스로 운전하며 다니게 될 테다.

하루하루를 의미를 부여하며 '홍규야, 넌 충분히 잘하고 있어'라고 하며 최면을 걸어본다. 언젠가 나는 분당차병원에서 정신건강 사회복지사로서의 길을 가려고 준비하고 있다. 이제 머뭇거릴 틈이 없다.

지금, 이 순간에 주사위는 던져졌고 기회는 잡았다. 앞으로 정상적으로 진행된다면 3년 후 정도면 정신건강 사회복지사로 일하게 된다.

그날을 상상하며 오늘도 기도한다. 정신질환 환우들을 대변하는 친구로 서고 싶다.

지금부터 난 환자가 아닌 치료진이 되기로 마음을 먹는다. 정말 인생을 멋지게 살아내리라 다짐을 한다. 어떤 경우에도 포기하지 않고 그 길을 가려 한다.

반드시 책을 통해 이야기해 본다. 정신건강 사회복지사로 거듭나기 위해 인품까지도 제대로 갖춘 의사로 전환되는 삶을 살아보고 싶은 것이다.

내가 바라는 세상이 있다. 이게 망상적인 상상일지도 모른다. 그러나 내가 얘기하고 싶은 것은 분명히 있다. 정신장애우들이 정말 치료진으로 서기까지 험난한 길이 있지만, 어떻게 보면 쉽게 가는 길이 있노라고 말이다. 내가 반드시 이 모든 걸 3년 안에 이뤄낸다

정신장애, 이길 수 있다

면 세상은 요동친다.

　물론 내가 지금 시점에서 사회복지사 2급 자격을 갖고 일을 해서 좀 더 미래를 앞당겨 낼 수 있다는 거다. 그러나 처음 이 길을 가는 이들은 최소 5년이 걸린다는 것인데 말이다. 사실 시간이 그리 중요한 것은 아니라고 말해 주고 싶다. 정말 해 보겠다는 신념과 믿음으로 도전하면 좋겠다. 내가 하면 여러분들도 충분히 해낼 수 있다는 거다.

　모든 것이 말처럼 쉬울 수 있겠는가. 정말 해야겠다면 해야 하는 거 아닌가. 머릿속으로만 그리지 말고, 실천해야 한다. 물론 머릿속으로 그리고 있는 것만으로도 대단한 사람이다. 그걸 구체화할 수 있는 상황을 만들어가면 된다. 5년 뒤에 감당할 수 있는 나 자신을 바라보라. 얼마나 대견하고 훌륭한 일인가.

　물론 나처럼 정신건강 사회복지사가 되는 게 무조건 좋고 훌륭한 것은 아니다. 내가 또 하나 갖추었으면 하는 과정이 있다. 그건 '직업상담사'다. "이건 또 뜬금없는 소리냐"라는 말을 하는 이들도 많을 것으로 예상한다. 내 생각은 다르다. 많은 이들을 사랑하는 마음이 크다면 이 또한 가능하다.

　수많은 환우를 생각해 볼 때 시급하다. 정신질환 환우들을 훈련해서 사회에서 한 일원이 될 수 있다면 얼마나 더 값진 일인가. 난 정말 체력이 받쳐주고 건강한 정신이 허락한다면 진정하고 싶다.

정신건강 사회복지사와 직업상담사가 무슨 관련이 있을까 말하지만, 정신질환 친구들은 정말 간절하다.

누군가가 마음을 위로해 주고 치유해줌에서 뛰어넘어 보자. 그리고 일자리까지 선물로 주어지면 얼마나 감사하고 의미 있는 일이라는 걸 알 수 있다. 사실 난 이런 점에서 더욱 환우들과 함께 소통하고 공감할 수 있는 가교 역할을 감당하고 싶은 거다. 이건 완벽한 시스템이다. 그런 시스템을 갖추고 잘만 한다면, 앞으로 8년이 채 안 걸릴 것으로 보인다.

그래서 부탁을 드린다. 나를 필요로 하는 곳이 있다면 꼭 채용해 달라고 말이다.

사실 난 이런 일들을 감당하기엔 너무나도 연약한 존재이다.

그러나 이 일들을 한 치의 오차도 없이 감당하고 이뤄낼 것을 간절히 소망한다. 이렇게 감당해 나가면서 난 또 하나 벽을 넘게 된다. 이것을 이뤄낸 후엔 "세계선교 허브센터"로 자연스럽게 이어지는 시스템으로 넘어가는 상황을 내 눈으로 꼭 보고 말 것이다.

지금은 진정 연약하고 이렇게 말하는 것이 신기할 정도다.

그러나 난 이 일들을 이뤄지는 것을 상상으로 몇 년 전에 보았다. "상상하면 이루어진다"라는 말이 있다. 난 확신한다. 이것을 통해 우리는 대한민국이 세계적인 리더들을 만들어 낸다. 하나님은 반드시 사람을 통해서 역사하심을 믿어야 한다. 세상은 앞으로 진정으로 신념과 믿음으로 이뤄지는 일들이 많아진다.

선한 신념이 이야기되어 선한 역사가 된다. 이것을 잊지 마시길 바란다.

여러분도 감당하길 바란다. 책에다 쓴 내용은 반드시 그걸 이루게 된다는 확실한 방법을 많은 책에서 이야기하고 있다.

바로 우리는 각자가 원하는 꿈을 이뤄내는 현실을 보게 되리라 믿는다.

각자가 바라는 소망을 이루기 위해서는 반드시 대가가 필요하다. 그 어떤 것도 그냥 이루어지는 것은 없다.

모두가 꿈을 이룰 수 없다는 것이다. 뭔가 간절함이 필요하고 의미 있는 이유가 필요하다. 명백한 이유가 없이는 이룰 수 없다는 얘기를 전해 주고 싶다. 그러나 중요한 것은 나 자신이 할 수 있다는 신념과 믿음이 나 자신보다 능가하게 되는 현실을 보게 된다. 그래야 생산적인 일이 되지 않을까 생각한다.

우리가 애초부터 능력을 타고나는 것은 아니다. 그러나 강한 신념으로 이루길 바란다면, 주님께서 우리 대신 일 하신다. 몸이 불편한 것은 오히려 조금이라도 유리할 수 있다. 그러나 정신적인 질환은 좀 더 힘들 수가 있다.

그러나 희망적인 것은 요즘은 정신과 질환도 약이 좋아서 얼마든지 좋아질 수 있는 환경을 줬다. 그러고 난 후 반드시 책과 함께

씨름할 준비가 되어 있는 자만이 살아남을 수 있다는 것이다.

우리는 모두 생각하는 존재임을 잊지 말아야 한다. 생각대로 이루어지는 세상이다. 내가 강조하는 것들이 책에서 말해 준다. 상상대로 이루어지고 생각하는 대로 이루어지는 세상이다. 거기에다가 반드시 선한 신념을 쌓을 때 가능하다는 사실을 잊지 말자.

이쯤 되면 우리는 반드시 인생을 걸어볼 만하지 않은가. 성공하는 방법은 그리 멀지 않은 곳에서 우리를 기다리고 있다. 누군가 내가 쓴 책을 보고 있는 사람 자체도 성공으로 가는 패스를 산 것이다.

예상하건대 내가 쓴 책값은 얼마나 될까. 대충 어림잡아 14,500원 정도지 않을까. 이렇게 상상하는 이루어지는 세상을 가장 먼저 알아차릴 누군가는 어디에 있는가. 만나고 싶다. 알고 싶다. 믿고 바라며 견뎌내는 삶을 우리는 그토록 기다렸다. 이젠 그 기회를 잡을 때이다.

정신장애, 이길 수 있다

● 이젠, 아프지 않으리

나라는 존재는 정말 연약했다. 그래서 죽고 싶었다. 그러나 하나님을 믿는 사람으로서 이 힘든 세상을 견뎌야 했다. 삶을 내려놓고 싶은 적이 한두 번이 아니었다. 그런데도 이겨낼 수 있었던 힘은 내가 하나님께 순종했기에 가능했다. 어릴 적부터 마음을 많이 다치곤 했다. 앞에서도 말했듯이 난 불량 학생들의 피해자였다. 그런데도 난 이겨내야 했다.

인생에서 가장 중요한 하나는 아픔에서 벗어나는 것이다. 아픔에도 내가 긍정적으로 변화할 수 있었던 것은 바로 순종이었다. 순종으로 인해 나는 성장하고 있었다. 그렇기에 난 성장하는 것에 집중했다.

그렇게 난 일생에 중요한 시기를 지나고 있었다. 많은 사람은 마음에 하나쯤은 힘든 상황에 노출이 되어 있기 마련이다. 그런데도 난 이렇게 말해 주고 싶다. 그럼 마음에 고통이 있었던 후를 보라!

반드시 좋은 일이 따라오기 마련인 것을. 사방이 적이라는 생각에 너무나도 힘든 시기를 보냈다.

어떻게든 그 상황을 직면해 이겨내야 함을 알았다. 그토록 아팠던 삶이 이제는 진정 축복된 시간을 보내고 있다는 거다. 우리는 모두 힘든 시기를 거쳐 승리하는 삶을 살기 마련이다. 어떤 순간에도 포기를 주머니에 넣어두어라. 그리고 희망이라는 단어를 주머니에서 꺼내 사용하라. 얼마든지 행복은 내 안에 있다는 것을 주목하라! 반드시 좋은 상황으로 역전시킬 수 있는 시간이 도래한다.

삶은 반드시 좋은 방향으로 서게 된다. 그때까지 조금만 기다리자. 우리에게는 희망이라는 무기가 존재한다. 그렇기에 우리 삶을 조금이라도 허투루 보낼 수는 없다. 그러니 우리가 희망이란 무기를 꺼내 쓸 만한 상황을 만들어야 한다. 그것은 너무나 쉬운 문제일지 모른다. 그런데도 어렵게 생각하는 것은 이미 우리 안에 부정적인 생각들로 채워져 있기 때문이다.

그런데도 우린 반드시 긍정적인 생각을 만들어내야 한다. 자! 그럼 우리는 여기서 긍정함과 긍정의 언어를 어떻게 생산하는지부터 알아봐야 한다. 방법은 있다. 그건 늘 하나님께서 우리를 지으셨음에 감사해야 한다.

그렇게 우리는 하나님이 지으신 존재이기 때문이다. 이유는 이렇다. 분명히 하나님은 우리가 행복하길 간절히 바라는 진정한 아버

정신장애, 이길 수 있다

지 같은 존재이기 때문이다. 우리 무거운 짐을 주님께 맡겨보자. 그럼 반드시 내 마음이 한결 가벼워지는 것을 맞이하게 된다. 당신들은 어떤 것을 선택할 것인가. 나 같으면 주님께 모든 것을 맡겨버리고 항상 감사하는 자세로 살아갈 것이다. 이것이 말처럼 쉬우랴. 아니 그렇지 않다. 분명히 내가 바라는 것은 행복이다. 그것을 가질 수 있는 것은 우리가 늘 말하는 것에서 시작이 된다. 나 바로 자신은 지금 문제가 되고 있다는 것을 잘 알고 있다.

그러니 우리는 나 자신에게 질문을 던져보라. "지금 너는 행복하니?" 난 이렇게 말한다. 지금도 당연히 행복하고, 앞으로도 행복해질 거라고 말이다. "말처럼 쉬우면 다할 수 있게?" 이 말은 진정 틀린 말이다. 반드시 말처럼 정말 쉽다고 말해 주고 싶다. 그럼 우리는 어떻게 하면 행복해질까? 답은 하나, 늘 성장하는 꿈을 잡으라 말해 주고 싶다. 저 멀리 있는 행복과 꿈이 지금의 시간으로 앞당겨 생각하는 것은 어떨까.

생각만 해도 정말 웃음이 난다. 그래서 중요한 것은 우리 자신이 얼마나 더 큰 꿈을 꾸고 있는가이다. 어떤 과정이 쉬울 수만 있겠는가. 그래도 우리가 슬픔에서 고통에서 벗어나려면 그 방법밖에는 없다. 지금 바로 꿈을 계획하라. 그렇게 실행하는 순간 우리는 지금의 고통을 이겨내는 삶으로 탈바꿈하게 된다.

바로 우리가 행해야 할 것은 그렇다. 꿈을 계획했으면 상상하라.

그대로 지금 이뤄졌다는 것을 구체적으로 상상하라. 그럼 상상하던 것이 실제가 된다. 그럼 우리는 반은 성공한 인생임을 깨닫게 된다. 이렇게까지 내가 이렇게 글로 정리하게 된 것은 얼마 되지 않는다. 당신들도 반드시 해낼 수 있다. 그러니 정녕 이뤄낼 꿈을 제시하고, 그대로 행하다 보면 이루게 된다.

그럼 이제 어떤 것을 실행해야 하는가. 나와 당신도 마찬가지로 우리는 경험이 부족하다. 남들을 어떤 삶을 살고 있는지 훔쳐봐야 한다. 이런 행동을 합법적으로 공개한 작업이 있다. 그건 바로 책이다. 지금까지 꿈은커녕 목표도 하나 없이 지금을 살아냈으면, 합법적인 훔쳐보기를 행해야 한다. 그건 책 읽기다. 별거 없다.

이미 길을 제시하고 있는 책을 골라서 저자의 삶을 흉내를 내기라도 하면 우리는 어느새 발전하고 성장하는 자신을 목격하게 된다. 어떤 경우든 어렵고 힘들지 않은 게 없다. 그러니 우리는 정녕 도전해야 하는 사실이다. 당신도 나도 모두 할 수가 있다. 어떤 경우에도 우리는 실제화되는 순간을 맞이하게 된다.

책을 본다는 것은 참으로 겸손함이 그대로 묻어있다. 내 부족함을 인정하고 다른 이들의 삶과 행동을 배우려는 아주 겸손함이 있는 것이다. 책을 통해서 많은 이들의 좋은 점들을 모방하는 작업은 정말 꿈같은 즐거움이다.

어떤 삶이든 중요하지 않은 삶은 없다. 그렇기에 모든 이들은 각

정신장애, 이길 수 있다

자 가지고 있는 장점을 있는 그대로 책으로 펴내자. 그럼 우리나라 대한민국은 세계적인 리더들로 발돋움하게 된다. 내가 앞에서도 밝혔듯이 '세계선교 허브센터'라는 것은 바로 '종합학교'라고 표현하고 싶은 것일 뿐이다. 선교와 비즈니스가 맞춰진 획일적인 내용으로 여러분께 다가설 것을 약속한다. 정말 저에게 관심을 보여달라고 부탁한다.

내가 정녕 하고 싶은 말을 책에서도 다 표현할 수는 없다. 그래도 난 당신들에게 해 주고 싶은 말은 있다. 그건 바로 꿈을 꾸라는 것이다. 전 세계에서 구체적인 꿈을 꾸고 있는 이들은 겨우 5% 내외라는 거다.

여기에서 주목할 것은 꿈을 꾸기만 하면 상위 5%가 된다는 것임을 잊지 마라. 그럼 정녕 이루게 되는 것을 머릿속으로 그냥 집어넣기를 바란다.

내가 지금까지 엄청난 비밀을 당신에게 알려주었다. 아니 아주 당연한 것을 당신에게 얘기했을 뿐이다.

여하튼 우리는 반드시 이뤄낼 수밖에 없는 실패율 0%에 도전하고 있다. 이젠 아름답게 비상할 여러분을 기대한다. 이젠 열심히 전력으로 질주할 수밖에 없다. 그러니 당신 선택을 재촉하고 싶다. 하나님 나라가 도래하기까지 정말 0.1초라도 앞당길 수 있다면, 내 목숨까지도 바칠 각오가 돼 있다. 이렇게 말하면, 뭐 꿈을 위해서 죽을 수도 있다는 건가? 사실 그렇다. 한 사람이라도 인생을 아름답게 바꿔주려면 죽을 각오도 필요하다. 그래도 설마가 사람을 잡는다.

하나님께서는 때로 리더라도 표현하는 이들의 소중한 피 값을 원하실 때도 있다. 그것을 명심하라. 때론 희생이라는 것도 필요한 법이다. 그러니 우리는 결코 순간을 허투루 보내면 안 된다.

지금 이 순간도 자기 계발에 힘쓰기 위해 수많은 책을 읽고 있다. 여러분을 격려하고, 이 엄청난 비밀을 알리기 위해 오늘도 난 책 쓰기를 하고 있다.

당신들도 가능하다. 그러니 우리는 실패를 두려워하지 말고 끊임없이 도전했으면 한다. 이렇게 "이젠, 아프지 않으리"라는 꼭지 제목으로 책을 쓰고 있다.

아팠던 마음이 잊히고 치유되는 경험을 하게 된다. 도대체 마음이 즐겁게 지내려면 어떤 방법을 써야 한단 말인가. 그건 앞에서도 말했듯이 수많은 사람의 비밀이 밝혀져 있는 책을 보라고 권하고 싶다.

책에 나오는 방법을 내 것으로 소화하는 자만이 정상에 오를 수 있다. 여러분 기억하라! 지금 책을 집어 드는 자, 성공의 열쇠를 소유하게 된다.

선택을 잘해야 성공한다

당신의 선택은 탁월하다. 이미 당신은 성공 열쇠를 집어 들었다. 앞으로도 당신이 진정 성공의 문을 열어 행복한 나날의 시간을 보내는 당신을 축복한다. 언제나 선택은 중요하다. 그것이 서려 실패로 결과가 다가설지라도 말이다. 그래도 99개에 실패하다가 결국 마지막 100번째를 성공했다면, 그것은 바로 성공으로 인정한다.

우린 지금 당장 실패를 거듭하고 있다면 무척이나 힘들어한다. 그러나 그러지 말자. 코앞에 놓여 있는 금광을 기대하라. 반드시 성공은 눈앞에 있기에 0.1%의 노력만 남은 것이다.

그러니 여러분이 지금도 고전하고 있다면, 반드시 성공에 이른다는 것을 의심하지 말라. 그럼 나에게 다가오는 진정한 축복이 나를 기다리고 있음에 당신은 선택 된다. 세상은 만만치가 않다.

그래도 끝까지 도전하여 행복을 쟁취하는 당신이 되길 간절히 축복한다. 우리는 왜 포기를 그렇게 무서워하는가. 그것은 바로 지금 당장 무슨 일이 이뤄지길 바라는 욕심 때문일 것이다. 그런데도 기다리고 도전한다면 금세 이루게 된다.

난 지금 이 순간이 가장 행복하다. 왜? 내가 좋아하는 것을 찾았으니까 말이다. 난 바로 책 읽기와 책 쓰기를 선택했다는 말이다. 그렇다고 해서 당신이 책을 어떻게 읽냐고 반문한다면, 그건 너무나 무책임한 말이다.

해 보지도 않고 그렇게 말하지 않았으면 한다. 항상 감사한 인생을 살게 해 줘서 고맙다는 말이 저절로 나오는 삶이 진정한 삶이다. 그러니 우리는 지금 나 자신을 있게 해 준 그분께 감사해야 한다.

그렇게 해서 성공을 이룰 수 있다면 책이 그다지 어렵게만 느껴지지 않을 것이다.

그럼 어떻게 책에 다가서면 되는가. 이렇게 해 보자! 지금 당장 아주 내용이 많지 않은 책부터 골라서 읽어보길 권한다. "이 책 하나 못 읽겠어?" 하면서 제대로 읽기를 바란다. 어떻게 해서 그 책을 단숨에 읽어낸다면 성공한 것임이 틀림없다.

그런 후 바로 조금 더 양이 많아질 책을 읽어보라. 정말 여기서 포기하면 아무것도 이룰 수 없다는 걸 생각하라. 그러면서 책을 힘겹게 읽게 되면 여기서 자신감을 느끼게 된다.

이렇게 시작해 보라. 그럼 어떤 종류의 책을 읽어야 할까를 질문

정신장애, 이길 수 있다

할 것이다. 나는 자기 계발서를 추천하고 싶다. 성공에 목말라 있는 사람이라면 꼭 섭렵해야 할 분야이다.

그렇게 해서 책 읽는 습관을 들이면, 깊은 내면에 있는 나 자신이 춤을 추고 있음을 느끼게 될 것이다.

그런 작은 선택들이 모여서 성공으로 이르는 첫 번째 고비를 넘기게 된다. 책은 돈을 그렇게 많이 들이지 않고서도 접할 수 있다. 아니 전혀 돈이 들지 않은 방법을 당신들은 이미 알고 있다. 그러니 선택하면 된다. 그런 선택을 하나하나 경험하게 되면 어느새 성공이란 단어는 내 것이 되고 만다.

성장을 기대하지 않고서는 하루도 살아갈 수 없음을 새삼스럽게 느낀다. 그럼 어떻게 살아 숨 쉬는 심장을 뛰게 할 것인가. 당신은 어떤 선택을 통해 삶의 의미를 가져가겠는가. 질문을 던져라. 그럼 내 안에서 답을 끄집어내는 상황을 맞이하게 된다.

그럼 정녕 우리가 바라는 성공의 의미를 발견하게 된다. 이때부터는 진정으로 극복해야 할 것들이 있다.

어릴 적 받았던, 아니 지금의 아픈 상처들을 모조리 끄집어내한다. 그게 가능해? 정답은 가능하다. 이건 바로 여러분이 좋아하는 뭔가가 존재하게 될 이다. 누군가는 그림으로, 누군가는 노래로 말이다. 이런 자기 계발로 인해 어느 정도는 해결이 된다. 사실 이걸 정확하고 완벽하게 치유되려면 나를 만드신 하나님께 질문을 던져라.

그럼 하나님께서는 절대 외면하시지 않는다. 그런데 중요한 것은 무조건 하나님이 나에게 딱 맞건 이렇고, 이건 그렇다고 말씀해 주시는 분이기도 하지만, 그렇지 않은 경우가 태반이다. 가장 좋은 것은 기도하면서 답을 음성으로도 들을 수가 있다.

하지만 그런 경우는 드물다. 또 다른 것은 성경 말씀을 읽으면서 자연히 깨달아가는 것이다. 그리고 또 하나는 그냥 일반 서적을 읽다가도 불현듯 꽂혀서 그 말이 나의 문제를 해결하는 도구가 되기도 한다.

이렇게 해서 마음의 상처가 치유되었다면, 이제 성공 열쇠는 이미 나에게 주어져 있다는 것을 깨닫기도 한다. 그래서 우리는 내면에 있는 상처를 먼저 치유하고 자기 계발적인 행동으로 이어져야 한다.

책을 읽는 것은 바로 행복으로 가기 위해 KTX를 타고 가는 것과 같다. 그렇게 해서 진정한 행복을 선택했다면, 당신은 이미 승리자의 삶을 살아가는 것이다. 난 이미 상처를 입은 치유자라고 자부심을 품고 살아간다. 난 사실 책을 쓰게 되면서 내면이 성장했으며, 책을 읽으면서 자신감을 회복했다.

정녕 우리는 돈도 안 들고 그저 시간만 투자하면 되는 것을 애써 외면하고 있는지. 정말이지 모르겠다. 그럼 이쯤에서 또 한 번 선

정신장애, 이길 수 있다

택해야 한다. "포기를 떠안고 가는 당신은 왜 성공에 목말라하지 않나요?"라고 묻고 싶다.

당신이 성공하는 것이 나의 간절한 소망이다. 그러니 포기를 당장 버리고 성장이라는 것을 뛰어넘어 성공에 이르는 KTX로 갈아타는 그것은 어떨까. 나 역시 KTX를 타고 있다는 것은 아니다.

그렇다고 당신과 함께 가기 위해 기다리지만은 않을 것이다. 난 진정 전력 질주로 KTX에 올라타게 될 날을 손꼽아 기다린다. 당신들도 어마어마한 스피드를 자랑하는 뭔가에 올라타고 싶지 않은가. 그렇다고 그 열차가 빠르다고 해서 안전하지 못할까. 전혀 아니다. 너무나도 안전하다. 그러니 겁내지 말고 선택을 잘해서 올라타야 한다.

당신의 선택이 평생을 좌우한다고 TV에서도 떠들어댔다. 이제는 방황을 뒤로하고 성공의 열차로 바꿔 타길 바란다. 사실 이 열차는 정원이 정해져 있다. 당신이 선택의 갈림길에서 머뭇거리고 있다면 조그만 생각을 전환하자. 그러니까 내 말은 진정한 천국으로 가는 열차를 타기 위해 조금이라도 생각을 달리해 보자는 거다.

뭔가 하고 싶은 일들이 있으면 안달하거나 하고 싶어서 병이 난 적이 있는가. 난 수없이 많다. 그렇게 하고 싶은 게 많았어도 실패한 것도 많다는 거다. 그런데 책을 읽기 시작하면서 포기와 실패는 점점 멀어지고 있다는 거다. 반드시 독서는 학교에 다니는 학생에게도 도움이 되고 직장을 다니면서, 자격증을 따려는 당신에게 도 도움이 된다 할 수 있겠다.

그렇게 해서 책 읽기는 우리 몸과 마음에서 떼어 놓을 수 없는 선택이 아닌 필수이다. 그러니 당신 자신을 성공으로 이르게 하려면 다른 방법보다는 책을 읽으라고 권유하고 싶은 이유다.

선택하려면 좀 더 쉬운 선택을 하라는 거다. 난 당신에게 많은 돈을 들여서 시간을 들여서 자격증 같은 것을 따라는 게 아니다. 물론 자격증을 필요한 것이기에 꼭 필수가 되어야 한다. 그러나 책 읽기가 뒷받침이 된다면 놀라운 시너지가 나온다는 것이다. 반드시 책이 나를 참으로 성장으로 이끌어 줄 것이다.

놀라지 마라. 나의 책을 읽고 있는 당신은 이미 반은 성공한 인생이다. 난 내가 쓰는 글에 한 치의 거짓말도 쓰지 않았다. 지금까지 책을 읽고 난 느낌을 그대로 옮겨 놓았을 뿐이다. 그렇게도 책을 읽으라고 하는 이유는 내가 해 보니 너무나 괜찮을 자기 계발이다. 당신의 선택이 우리나라 전체를 세계적인 리더의 나라가 되는 제사장 나라가 될 것임을 확신한다. 당신, 지금도 늦지 않았다. 그럼 책을 들어라!

정신장애, 이길 수 있다

●

이미 이긴 싸움, 끝까지 도전한다

인생을 아름답게 장식하기 위해 오늘도 최선을 다해 살아낸다. 절대로 쉽지만은 않은 인생이기에 더욱 소중하다. 그런데도 견뎌 내야 하는 인생이다. 오늘은 거룩한 주일을 지켰다. 마음이 평안해 진다. 오늘도 책 쓰기에 몰입할 수 있는 환경을 주심에게 감사를 드린다. 앞으로 인생을 좀 더 극적으로 써 내려가야 한다.

하나님께 기도를 올려드렸다. 저에게 진정 물질의 은사를 달라 고 말이다. 난 하나님께 약속했다. 내가 벌어들이는 수입의 10분의 9를 드리겠다고 주님께 올려드렸다.

어떻게 그렇게 많은 물질을 드릴 수가 있단 말인가. 난 그게 가 능하다. 왜냐고? 그건 간단하다. 초월적인 물질을 달라고 했다. 놀 라지 마라. 1,000조라는 금액의 물질을 달라고 호소했다.

20대 초반부터 주님과 약속한 부분이다. 제게 물질을 많이 주신 다면 10분의 9 이상을 하나님 나라에 쏟아붓겠다고 말이다. 그냥 그런 말로 주님께 기도를 드렸던 것 같다.

많은 이들이 부유하게 살기를 간절히 바랐다. 우리 집은 너무나도 가난했다. 지금 이렇게 사는 그것만으로도 감사한 일이긴 하다. 그러나 아직은 우리 집이 없다는 것에 조금 아쉬운 마음뿐이다.

여러분이 도와주셨으면 좋겠다. 바로 난 물질을 달라고 기도하는데 이것을 어떻게 쓸 것인가는 이미 앞에서 말했다. 바로 '세계선교 허브센터'이다. 이것이 바로 1,000조 프로젝트이다. 이 세상은 참으로 돈이면 다 되는 세상이다.

그렇게도 우리는 반드시 물질을 아름답게 쓰게 될 날을 만나야 한다. 1,000조라는 금액을 어떻게 만드느냐는 간단하다. 100명의 사람이 한마음 한뜻으로 일을 감당하다 보면 가능하다. 지금 현실은 1~2명도 마음을 모이기가 힘든 것이다.

그러나 우리는 감당해야 한다. 꼭 그렇게 되기를 바란다. 하나님께서는 진정 물질을 무한대로 갖고 계신다. 그러니까 우리는 하나님 뜻 안에서 받을 준비만 하면 된다는 것이다. 뭐든지 우리는 쟁취하고 누리게 될 것임을 망각하지 않았으면 좋겠다.

앞으로 우리 인생은 180도 뒤바뀌는 상황에 직면하게 된다. 이젠 때가 되었다. 반드시 악한 무리와 싸워서 선이 이기게 되는 이미 시작된 전쟁이 시작된다. 그렇게 되기까지 많은 고난을 겪어왔다. 그러니 우리는 어둠을 몰아내고 빛으로 채우는 작업이 절대적

정신장애, 이길 수 있다

으로 필요하다. 이런 상황을 만들기 위해서는 코로나에서 진 우리 모습을 조금이라도 역전시켜야 한다.

내년에는 진정 많은 이들이 만나서 각자 1,000조를 만드는 프로젝트에 참여해야 한다. 그렇게도 원하던 꿈을 재정비해야 한다. 각자에게 주어진 달란트를 이용할 줄 알아야 한다. 그 재능을 계발하는 데 온 힘을 쏟아부어도 모자라다. 우리가 원하는 것은 마음의 부자가 아닌 실질적인 물질을 소유하는 데 있다.

그게 어떻게 가능하냐는 의심을 가질 텐데 그건 내가 설명하겠다. 우리에게 누구에게나 주어진 달란트를 계발하는 데 있다. 지금 당장 달란트 연구소를 열어야 한다. 각자 재능을 계발해 주고 찾아갈 수 있도록 만나서 토론을 하고 연구해야 한다는 것이다. 비록 지금은 어떤 구체적인 방안이 없지만, 일단 만나서 이 문제를 토론하고 계획을 세워야 한다.

사실 나조차도 큰 그림은 그리고 있지만 아주 구체적인 방안은 없다. 중요한 것은 하나다. 우리가 모두 너무 교류가 없다는 데 있다. 어떻게 하면 이 상황을 이겨낼 수 있을까. 사실 우리는 나 자신을 포함해서 이기적인 마음들이 가득해서이다. 그건 당연할지 모른다. 정말 이웃이 어떤 상황에 부닥쳐 있는지 파악하고 그들 일으켜 줄 여력이 없다는 데 이유가 있다.

그럼 이렇게 이기적인 마음에서 많은 이들을 생각하고 도와줄 수 있는 환경을 만들어갈 수 있을까. 지금 하다못해 노인들의 문제들이 제시되고 있다. 고독사로 이어지는 현실에 너무나 마음이 아프다. 이것이 바로 우리의 미래가 될지도 모른다.

이렇게 사회문제로 제시되는 상황을 해결하다 보면 조금이나마 바뀌지 않을까 생각된다. 일단 만나서 이 문제들을 바꿔가야 한다. 10명이 모이고 20명이 모일 때 그림은 배 이상이 된다. 그러니 우리는 뭉쳐야 한다. 생활이 예배가 되고 순종이 되는 것들을 자꾸 만들어야 한다. 작은 모임에서 시작해서 1,000조 클럽을 결성하기까지 몇 년이 안 남았다고 생각한다. 사실 1,000조라는 숫자를 숫자로 보면 안 된다. 너무나 터무니없는 숫자라고 생각할지 모른다. 그러나 내 생각은 다르다.

그건 바로 성경에서 말해 주고 있다. 여기서 1,000이라는 숫자는 무한대를 말하는 것이다. 이렇게 얘기하면 궁금증의 해결이 되는가. 1,000조를 넘어 더 많은 금액도 만들 수 있다. 어차피 세상은 하나님이 주인이시고, 무한대로 공급하신다는 것이다.

그럼 우리는 다시 만나야 한다. 그리고 이 문제를 심도 있게 관심을 가져야 한다. 이제 준비가 되었으면 실행에 옮겨야 한다. 그러기 위해 신호탄을 쏘려고 한다. 사실 난 오래전부터 기대한 것이 있다. 내가 몸담았던 우리 교회인 동성교회, 나를 아는 청년부에 속해 있던 모든 이들과 한자리에서 만나고 싶다. 정확히 1년 후인

정신장애, 이길 수 있다

2022년 12월 31일 오후 3시 5층 청년부실에서 만나길 소망한다. 너무 일방적인 약속이라 놀랄 것이다. 정말 2~3명이라도 이 약속을 잊지 아니하고 만나길 소망한다. 내가 빵과 우유라도 사서 너희들을 만나러 갈게. 조금만 기다려주라.

이렇게 하지 않으면 우리는 평생을 가도 못 만나게 되고, 기적도 일어나지 않는다.

진정으로 청년부라는 지체를 사랑한다. 만나서 하다못해 밥을 먹고 차를 마시는 걸 뛰어넘어 봉사동아리를 조직해서 사회에 따뜻하게 도움이 되길 소망한다.

하나님께서 엉뚱하게 나에게만 이 비전을 주시지 않았을 거라고 생각한다. 적어도 동성교회 청년부는 어려운 이들을 생각하는 그런 마음 따뜻한 사람이다. 정말 설렌다. 2022년 12월 31일을 기대한다. 분명히 이런 생각들은 나 못지않게 가지고 있을 거라 확신한다. 참석할 용의가 있는 사람은 미리 문자라도 주길 바란다. 못 나와도 문자를 주면 좋겠네.

진정으로 내가 이렇게 용기를 내기까지가 너무 힘들었다. 내가 우리 청년들을 위해 해 준 것도 없고, 여러분에게 다가가지 못했던 마음을 한순간에 날려버릴 그런 축복의 행사가 되었으면 한다. 그리고 또 하나 기대하는 것은 2022년 마지막 날, 그날의 우리 모임에 지도 목사님이 계셨으면 좋겠다는 것이다. 내가 임의로 결정해서 미안하지만, 김안식 목사님과 박상혁 목사님이 함께했으면 좋겠다.

하나님의 역사를 이루려면 일단 모여야 뭔가 되지 않을까 싶다. 그러니 이왕이면 많은 이들과 함께해서 역사가 되는 그래서 막강한 힘을 발휘하는 모임이 되길 간절히 소망한다. 진정으로 이미 이긴 싸움이다. 그러기 위해서는 행동이 필요하다. 멍석을 깔아줬으니 다음은 너희들이 움직여주길 기대한다.

온전하신 하나님이 대장 되시는 조직은 성장하고 성화됨을 잊지 마라. 끝까지 도전하여 하나님의 나라를 만들어가는 도구로 사용되는 여러분이 되길.

정신장애, 이길 수 있다

에필로그

참으로 감사하다. 책을 쓰고자 한 지 약 2년 만에 책을 내게 되었다. 짧으면 짧고 길면 긴 시간인데 내가 느끼는 시간은 참 짧았다. 그 정도로 이 작업에 흥미를 느낀 것이다. 마치 카이로스의 시간처럼 하나님의 은혜였던 시간이었음을 고백한다.

책이 나오기까지 새벽마다 일찍 일어나서서 눈물의 기도를 뿌려주신 어머니께 감사를 드린다. 어머니의 기도가 아니었으면 어찌 이게 가능하기나 했을까 생각한다. 그래도 인자하신 어머니 덕분에 이렇게 한 권의 책을 마무리하게 되었다. 또, 감사한 사람은 내 동생 록이가 늘 형의 책 쓰기에 지지해주고 용기를 주었던 사람이었다. 또한, 록이는 이번에 책에 대해서 홍보비 30만원을 흔쾌히 지원해 주었다. 너무 감사한 일이다.

우리 아버지는 항상 말씀이 없으셔서, 표현에 서툴러서 그러셨겠지만, 속으로는 정말 인내를 가지시고 내 책을 누구보다 많이 기다리셨다. 이 또한 감사한다. 아버지 사랑합니다! 어머니 사랑합니다! 록아 사랑해!

이렇게 책을 통해 내 마음을 100% 모두 쏟아내지 못했지만, 다음 책을 기대해 주시라는 부탁을 드린다. 책을 쓸 수 있다는 것이 정말 행복이다.

앞으로 여러분과 고민을 함께 나누길 소원한다. 서로 공감하고 이야기 나누는 게 중요함을 잊지 말았으면 좋겠다. 빠른 시간 내에 또 다른 책을 들고 여러분의 마음속으로 뛰어들 것을 약속한다. 그날까지 건강하시길. 마지막으로 하나님 은혜에 감사를 드린다.

정신장애, 이길 수 있다